대호 퓨전 판타지 소설
FUSION FANTASTIC STORY

엠페러 소드 1
대호 퓨전 판타지 소설

초판 1쇄 찍은 날 § 2010년 11월 22일
초판 1쇄 펴낸 날 § 2010년 11월 29일

지은이 § 대호
펴낸이 § 서경석

편집팀장 § 서지현
편집책임 § 주소영
편집 § 박우진

펴낸곳 § 도서출판 청어람
등록번호 § 제1081-1-89호
등록일자 § 1999. 5. 31
어람번호 § 제1-1200호

주소 § 경기도 부천시 원미구 심곡2동 163-2 서경B/D 3F (우) 420-822
전화 § 032-656-4452 팩스 § 032-656-4453
http://www.chungeoram.com
E-mail § chungeoram@chungeoram.com

ⓒ 대호, 2010

ISBN 978-89-251-2356-1 04810
ISBN 978-89-251-2355-4 (세트)

※ 파본은 구입하신 서점에서 교환하여 드립니다.
※ 저자와 협의하여 인지를 붙이지 않습니다.
※ 이 책은 도서출판 청어람과 저작자의 계약에 의해 출판된 것이므로,
  무단 전재 및 유포·공유를 금합니다.

Emperor Sword

엠페러 소드

FUSION FANTASTIC STORY
대호 퓨전 판타지 소설

Contents

프롤로그		7
제1장	특이한 부모의 특이한 충고	17
제2장	아카데미의 오우거	41
제3장	페르제와의 만남	61
제4장	신입생 환영회	85
제5장	레인의 은밀한 제안	111
제6장	황자의 제안	133
제7장	클레이븐과 싸우다	155
제8장	콘티엘의 수련을 돕다	181
제9장	체로키와 싸우다	207
제10장	발전하는 친구들	231
제11장	불타 버린 저택	253
제12장	어둠 속의 습격자들	275
제13장	황성에 숨어들다	297

"가지고 왔느냐?"

파스칼 자작은 탐욕스러운 눈빛을 감추지 않았다.

"예, 형님."

파스칼 자작의 동생 파라크가 입구를 향해 손뼉을 치자 커다란 덩치의 기사 네 명이 두 개의 상자를 들고 왔다.

기사의 이마에 땀방울이 맺힌 걸 보니 상당히 무거운 모양이었다.

파스칼 자작은 비릿한 미소를 지으며 상자를 열었다.

번쩍이는 금빛이 환하게 빛났다.

두 개의 상자에 가득 들어 있는 건 제대로 만들어진 금괴였다.

"큭큭, 크하하하! 드디어 내 손에 들어왔구나."

파스칼 자작은 감정을 토해내듯 웃었다.

파라크 역시 기분이 좋은지 미소를 지었고, 호위기사들도 마찬가지였다.

이 금괴를 탈취하기 위해 얼마나 많은 노력을 기울였던가.

실패하면 자신의 지지 기반이 날아갈 정도로 위험했지만 모험을 한 보람이 있었다.

그때였다.

끼이익 소리와 함께 문이 열렸다.

머리가 하얀 노인 하나가 안으로 들어서며 말했다.

"정말, 냄새가 지독하군."

파스칼 자작은 급히 금괴가 담긴 상자의 뚜껑을 덮고 동생을 노려봤다.

누구냐는 의미였다.

"며칠 전에 고용한 정원사입니다."

"정원사?"

"예. 저 노인이 자른 꽃은 잘 시들지 않는다고 해서 추천받아 데려왔습니다."

파스칼 자작은 동생의 한심함이 마음에 들지 않았다.

지금처럼 중요한 때, 비록 고용인이지만 외부 사람을 끌어들인 무신경함이 놀라울 정도였다.

어쨌든 자신이 동생에게 바라는 건 머리가 아니었다.

"어떻게 여기까지 왔는지 모르겠지만 처리해."

입을 다물게 하라는 지시에 파라크는 고개를 끄덕였다.

파라크가 기사에게 눈짓을 했다.

이런 일이 익숙한 듯 기사는 망설임없이 노인을 향해 다가갔다.

그런데 뭔가 이상했다.

노인의 멱살을 잡아가던 기사가 그대로 멈춰 선 것이다.

"정말 멍청한 녀석들이군. 그렇게 눈치가 없어서야."

노인은 고개를 저으며 파스칼 자작을 쳐다봤다.

그제야 파스칼 자작도 뭔가 일이 꼬이고 있음을 눈치챘다.

"그대는 누군가?"

"글쎄? 지금 그게 중요한 게 아닐 텐데?"

노인은 그렇게 말하며 옆의 기사를 슬쩍 밀었다.

기사는 석고상이라도 된 것처럼 옆으로 기울어지더니 콰당 소리를 내며 쓰러졌다.

잠시 당황하던 파스칼 자작은 곧 여유를 되찾았다.

여긴 자신의 성이다.

신호만 보내면 불과 오 분도 안 돼서 백 명이 넘는 기사들이 몰려오니 걱정할 필요는 없었다.

"다시 묻지. 그대는 누군가?"

"맞혀봐."

노인이 씨익 웃었다.

파스칼 자작이 조롱당했다고 느낀 순간 노인의 모습이 바뀌기 시작했다.

짧은 갈색 머리카락, 얼굴에 흉터를 가진 마흔 전후의 날카로운 인상의 사내가 나타났다.

순간 파라크의 얼굴이 굳어졌다.

"너, 넌 길드의……"

"맞아. 네가 찾아갔던 암살자 길드에서 일을 했었지."

사내와 파라크의 말에 파스칼 자작은 더욱 혼란을 느꼈다.

"확실히 의뢰는 의외였어. 그런 식으로 속일 줄은 몰랐거든."

"난 속인 게 없다."

"없다고? 그럼 저 살덩어리 앞에 있는 금괴는 뭔데?"

파라크는 흠칫했고, 파스칼 자작은 인상을 찌푸렸다.

이 일은 절대 외부로 알려져선 안 된다.

더욱이 황실에서 알게 되는 순간 자신은 이미 죽은 목숨이다.

파스칼 자작은 망설임없이 책상 아래 있는 돌출된 바닥을 지그시 눌렀다.

이제 몇 분 후면 기사들이 몰려올 것이다.

그때까지 시간만 끌면 된다.

"무슨 이야기를 하는지 모르겠군. 그대는 대체 무슨 이유로 시비를 거는 거지?"

"시비라……. 끝까지 발뺌한다면 어쩔 수 없지. 하긴 자신만만해할 정도로 이번 계획은 완벽했으니까."

사내의 모습이 또다시 흐릿해졌다.

이젠 열서너 살 정도의 소년으로 모습이 바뀌었다.

"너, 넌 산채에 있던 꼬마?"

파라크는 심장이 튀어나올 정도로 놀라고 말았다.

파스칼 자작은 한심하다는 표정으로 소리쳤다.

"파라크, 정신 차려라!"

그럼에도 파라크는 덜덜 떨어야 했다.

"하, 하지만 형님, 저 꼬마는……."

"그래, 네 녀석이 직접 심장에 칼을 쑤셔 박았지. 비밀이 지켜져야 된다는 이유로."

소년의 눈에서 원한에 찬 빛이 쏘아졌다.

파스칼 자작과 파라크는 이 상황이 혼란스러웠다.

계획은 완벽했다.

목표는 이웃 영지의 일 년치 세금과 더불어 광산 수익을 포함한 십만 골드의 금괴였다.

　파스칼 자작은 절대 꼬리를 남기지 않기 위해 암살자 길드에 두 개의 의뢰를 하고 산적들과 손을 잡았다.

　첫 번째 의뢰는 금괴를 나르는 호위기사들을 죽이는 것이었고, 두 번째는 산적들을 처리하는 거였다.

　"처음엔 나도 혼란스러웠어. 하지만 곧 이해가 되더군."

　소년은 그렇게 말하며 손가락을 들었다.

　"첫째, 암살자들로 하여금 호위대의 기사들만 죽이도록 의뢰를 넣는다. 그 기사들에게 원한이 있으니 성 밖으로 나왔을 때 죽여 달라고."

　파스칼 자작의 얼굴이 굳어졌다.

　"두 번째, 암살자들의 손에 기사들이 죽은 뒤 산적들과 함께 그 호위대를 친다. 물론 산적들의 소행으로 보여야 하기에 일부는 살려뒀겠지."

　파라크의 손이 부들부들 떨렸다.

　"셋째, 암살자들이 산적들의 소굴을 청소할 때 금괴를 빼돌린다… 였지."

　소년의 말은 마치 그 자리에 있었던 것처럼 정확했다.

　그때 뒤쪽에 있던 문이 활짝 열렸다.

　무장을 한 기사들이 일제히 안으로 쏟아져 들어왔다.

　그 숫자는 무려 백 명.

그들은 파스칼 자작의 신호를 확인하고 일제히 소년을 둘러쌌다.

그제야 파스칼 자작의 입이 열렸다.

"네 말이 맞다. 암살자들은 금괴에 대해 모르니 산적들만 처리하고 돌아갔지. 그다음, 내 동생과 기사들이 산적 소굴에 숨겨진 금괴를 들고 왔다."

"역시 그랬군. 순순히 인정해서 다행이야. 안 그랬다면 우린 서로 약간 피곤했을지도 몰라."

농담에 가까운 말투였다.

"그런데 내 동생이 네 심장에 칼을 박았다고?"

"맞아. 암살자들이 산적들을 습격하기 전, 파라크는 몇몇 기사들과 함께 산채를 빠져나가려고 했지. 그때 내 눈에 띄었던 거야."

파스칼 자작은 파라크를 질책하는 눈으로 쳐다봤다.

왜 마무리를 깔끔하게 하지 않았느냐는 의미다.

파라크는 억울했지만 뭐라 말하지 못했다.

다시 파스칼 자작은 미소를 지으며 소년을 쳐다봤다.

"그런데 궁금하군. 겨우 목숨을 건졌으면 숨어살 것이지 왜 우리 앞에 나타난 거냐?"

기사들이 검을 뽑아 소년을 향해 겨누었다.

하지만 소년의 표정은 지극히 태연했다.

"미안하지만 임무라서 말이야."
"임무?"
"그래. 내 이름은 다크 폰 로열. 혹시 듣지 못했나?"
파스칼 자작은 고개를 갸웃거렸다.
기억이 날 듯 말 듯 흐릿했다. 하지만 확실한 것은 자신에게 그리 좋은 의미가 아니라는 거였다.
"다크 폰 로열? 서, 설마?"
소년의 모습이 또다시 흐릿하게 변했다.
탐스러운 검은 머리카락이 허리까지 내려왔다.
잘 단련된 근육에 탄탄한 신체, 무엇보다도 얼굴을 가리고 있는 은색 가면.
그 모든 게 소문을 증명하고 있었다.
"암행 감찰관."
파라크는 경악에 물든 얼굴로 말했다.
이제 소년에서 청년이 된 자, 스스로 다크 폰 로열이라고 밝힌 자가 고개를 끄덕였다.
파스칼 자작은 망설이지 않고 소리쳤다.
"죽여! 저자를 죽여라!"
기사들은 본능적으로 검을 들고 달려들었다.
그때 다크가 손을 앞으로 내밀며 말했다.
"게이트 오픈. 소환."

다크의 몸에서 황금빛이 뿜어져 나왔다.

그 휘황찬란한 빛은 홀에 있는 모두의 눈을 마비시켰다.

빛이 사라졌다.

파스칼 자작과 파라크, 그리고 기사들의 눈동자가 커졌다.

다크의 뒤로 황금 갑옷을 입은 백 명의 기사가 검을 거꾸로 쥔 채 무릎을 꿇고 있었다.

그들의 가슴에는 제국 황실의 상징인 황금 사자가 있었다.

"로열 가드?"

파스칼 자작의 입에서 자신도 모르게 말이 튀어나왔다.

로열 가드는 오직 황제의 명령만 받았다. 그리고 대부분이 소드 마스터에 근접한 5클래스의 기사인 것이다.

로열 가드들이 뿜어내는 기세에 파스칼 자작과 파라크, 기사들은 그대로 굳어버리고 말았다.

다크가 씨익 웃었다.

"죄를 지었으면… 벌을 받아야지."

Emperor Sword

CHAPTER 01
특이한 부모의 특이한 충고

"예? 뭐라고 말씀하셨죠?"

레인은 자신의 귀를 의심하며 정면을 쳐다봤다.

커다란 체구의 중년인은 고개를 숙인 채 서류에 집중하고 있었다.

올해 나이 육십이었다. 그럼에도 짧고 검은 머리카락은 윤기가 흘렀으며 나이도 한참이나 어려 보였다.

테일론 제국 행정부의 실세이면서도 그 신분이 비밀에 감춰진 칸젤 반 로헬 백작이 바로 그였다.

"아카데미로 가라고 했다."

"하하, 아버지도 참. 무슨 농담을 그렇게 살벌하게 하세요."

레인이 씨익 웃자 칸젤이 슬쩍 고개를 들었다.

그 날카로운 눈빛에 레인이 움찔거렸다.

"농담이 아니다."

"그, 그런가요? 꼭 가야 하나요?"

칸젤은 서류를 내려놨다.

"너도 알다시피 귀족의 자식들은 의무적으로 교육을 받아야 한다. 어쩔 수 없이 몸이 불편하다면 예외겠지만."

한마디로 몸을 아주 불편(?)하게 만들겠다는 소리다.

"당연히 가야죠. 저도 로헬 백작 가문의 아들인데."

레인이 억지로 미소를 지었다.

칸젤은 이제 볼일이 끝났다는 듯 다시 서류를 쳐다보며 한마디를 던졌다.

"준비는 끝내놨으니 내일 출발하여라."

"예? 내일요? 너무 빠른 것 아닌가요?"

칸젤은 살짝 인상을 찌푸렸다.

"못 가겠다는 게 아니라 여행 갔다 온 지 이제 겨우 사흘인데 며칠만 쉬면……. 아뇨. 안 쉬어도 됩니다."

칸젤의 눈빛에 레인은 다급히 말을 바꾸었다.

한숨이 저절로 나올 정도였다.

말이 좋아 여행이지, 알고 보면 수련이었다.

어머니 세이렌이 실전을 겪어봐야 한다며 대륙 북방에 있는 제국으로 보내 버렸다. 그것도 가장 낮은 C등급 용병으로 말이다.

멍청한 상급자를 만나 지독히 고생을 했고, 겨우 의뢰를 완수할 수 있었다.

그 탓에 집으로 돌아오는 데 반년이나 걸렸는데 오자마자 아카데미로 가란다.

레인의 속마음을 읽었는지 칸젤이 따지듯 물었다.

"여행에서 늦어진 게 내 탓이냐?"

"아뇨. 그건 아니죠."

"내가 늦게 돌아오라고 했느냐?"

"절대 아니죠."

"그럼 내일 출발하는 걸로 알고 있으마."

칸젤의 독특한 화술에 밀리자 레인은 차마 대꾸하지 못했다.

레인은 어깨를 축 늘어뜨렸다.

"예, 알겠습니다."

막상 대답하고 나서 생각해 보니 나쁜 일이 아니었다.

너무 갑작스러운 일이라 당황했기에 잠시 힘이 빠졌던 것뿐이다.

아니, 오히려 좋은 일이었다.

기분 같아서는 당장에라도 두 손을 들고 환호성을 터뜨리고 싶을 정도였다.

지금껏 태어나서 얼마나 힘들게 살았던가?

레인의 나이 열아홉, 그동안 한 거라곤 먹고 자고 수련하고, 또 먹고 자고 수련하고, 그리고 수련하고 먹고 자고가 전부였다.

어릴 때야 간혹 황성으로 놀라간다던가, 나들이를 간다던가 하는 일이 있었다. 하지만 언제부턴가 제국에 특별한 행사가 있는 경우에나 겨우 외출이 허락될 정도였다.

레인은 저택을 벗어난다는 생각에 기분이 들떴다.

아카데미를 간다면 적어도 졸업할 때까지는 부모님의 간섭에서 벗어날 수 있을 게 분명했다.

레인이 몸을 돌려 나가려고 하자 칸젤이 불렀다.

"미리 일러둘 게 있다."

"뭔데요?"

"넌 우리 로헬 백작 가문에 영지가 있다는 사실을 아느냐?"

"예? 영지가 있다고요?"

생전 처음 듣는 소리였다.

"세이렌이 알려주지 않은 모양이구나. 뭐, 아무래도 상관없겠지."

"상관없는 게 아닌 것 같은데요."

"지금 내가 일러주니 상관없다는 말이다."

레인은 또다시 한숨을 내쉬었다.

태어나서 지금껏 수도 테일로드에서만 지냈다.

아버지 칸젤은 황실을 출입해야 했기에 가까운 곳에 저택을 마련했다. 그래서 레인은 저택을 집으로 알고 있었고, 영지에 대해서는 전혀 몰랐다.

"로헬 백작령은 북쪽 국경을 관리하고 있는 루틴 공작령 근처에 있지. 초록빛 바다와 넓은 백사장이 있고, 숲이 울창해 경치가 아주 좋은 곳이란다."

"그렇군요."

레인이 건성으로 대꾸했다.

"은퇴를 한 다음 로헬 백작령에서 세이렌과 노년을 보낼 계획이다."

칸젤은 자리에서 일어나 레인에게 다가가 어깨에 손을 올렸다.

다른 사람의 시선에는 다정한 아버지와 아들로 보일 게 분명했지만 진실은 둘만이 알 뿐이었다.

"그래서 하는 말인데, 아카데미에 들어가게 되면 영지를 관리하는 수업을 들었으면 좋겠구나."

"영지 관리요?"

"그래, 지금은 대리인을 세워서 맡겨놓고 있지만 언제까지 그럴 수는 없지 않느냐? 그렇다고 은퇴한 뒤에 세이렌과 내가 일일이 관리하기도 그렇고."

뒷말은 듣지 않아도 뻔했다.

아들에게 영지 관리를 넘기고 은퇴 후 아무 걱정 없이 노년을 즐겁게 보내겠다는 소리다.

어떻게 보면 참 좋은 이야기였다.

사랑하는 아들에게 가문과 작위를 물려주고 영지의 일에 간섭하지 않겠다는 소리였으니 레인의 입장에서는 손해 볼 게 없었다.

'하지만 순수한 의도로 그러실 아버지가 아니잖아?'

지금껏 그래 왔듯이 뭔가 꿍꿍이가 있을 것 같았다.

"아카데미를 가서 기사가 될 것도 아니고, 마법사가 될 것도 아니지 않느냐?"

"그렇기는 하죠."

이미 배울 건 다 배웠으니 그런 데 가서 애들하고 노닥거릴 이유가 없었다.

"어차피 가는 거, 도움이 되는 걸 배워오는 게 좋지 않겠니?"

"그야… 그렇지만."

칸젤은 레인의 어깨를 가볍게 툭툭 쳤다.

"사랑하는 레인, 날 실망시키지 않을 것이라 믿는다. 그럼 그렇게 알고 있으마."

칸젤은 그렇게 떠밀 듯 레인을 내보냈다.

레인은 잠시 집무실 밖에서 고개를 갸웃거렸다.

이유는 알 수 없었지만 속은 듯한 기분이 드는 건 어쩔 수 없었다.

잠시 후, 칸젤의 집무실에 검은 머리카락을 곱게 틀어 올려 비녀로 정리한 여인이 나타났다.

세이렌 반 로헬, 로헬 백작 부인이라 불리는 여인으로 레인의 어머니였다.

"이야기는 끝냈나요?"

"역시 우리 아들이더군."

그 짧은 말에는 여러 가지 뜻이 함축되어 있었다.

"그나저나 당신, 이번엔 뭘 시켰어?"

칸젤이 묻자 세이렌은 빙긋이 웃었다.

"얘가 자꾸 무공 수련을 안 하려고 해서 실전 경험 삼아 용병 일을 보낸 것뿐이에요."

"하긴 레인 녀석은 너무 게을러. 그러니 그런 식으로라도 수련을 시켜야지."

칸젤이 고개를 끄덕였다.

특이한 부모의 특이한 충고 25

"그나저나 걱정이에요. 아카데미를 가면 빈둥거릴 게 분명한데, 그렇다고 우리가 간섭할 수도 없으니."

"알아서 잘하겠지. 레인은 우리 아들이니까."

두 부부는 서로를 보며 빙긋이 미소를 지었다.

* * *

쨱쨱쨱.

새소리가 낭랑한 새벽이었다.

막 동산을 벗어난 환한 햇살이 창문을 타고 들어와 침대를 덮쳤다.

"으음."

레인은 얼굴을 간질이는 따사로움을 피하기 위해 이불을 당겼다.

하지만 곧 오랜 습관처럼 몸을 일으켰다.

눈을 비빈 레인은 일단 창문을 열었다. 그리고 다시 침대에 누워 호흡에 집중하기 시작했다.

"호오오오, 흐으으음."

모든 숨 쉬기는 몸속에 있는 탁기를 내뱉는 데서 시작한다.

비워진 몸을 신선한 공기로 채우는 것이다.

어머니 세이렌은 이 호흡법을 가르쳐 주면서 '당가선공'

이라고 이야기했다.

한 시간 정도 호흡을 계속하자 아랫배가 따뜻해졌고, 몸에 활력이 넘쳤다.

레인은 자리에서 일어나 개인 연무장이 마련된 지하실로 내려갔다. 그리고 벽에 걸린 각종 흉악한 무기들을 쳐다봤다.

세이렌의 지독한 사랑(?) 덕분에 하나같이 날카로운 빛을 뿜어내고 있었다.

"이게 좋겠군."

레인이 빼 든 건 바로 두 자루의 단검이었다.

손목을 흔들자 튀어 오른 단검이 허공에서 빙글빙글 돌았다. 그러다 단검이 손에 잡히는 순간,

휙, 터어엉.

단검이 박힌 판자가 두 조각이 나버렸다.

레인은 만족스러운 듯 씨익 웃더니 다른 단검을 왼손에 쥐었다.

레인의 왼발이 앞으로 나가며 천천히 바닥을 짚었다.

그걸 시작으로 레인이 춤을 추기 시작했다.

단검이 독사의 이빨처럼 날카롭게 허공을 찍어나갔다.

그러다 레인이 춤을 추듯 몸을 틀자 어느새 펄럭이는 천처럼 부드러운 선을 그렸고, 순식간에 반대방향에서 모습을 드러내었다.

단검은 살아 있는 것처럼 움직였다.

요동을 치다가도 냉철하게 공간을 갈랐으며, 거칠게 휘젓다가도 얌전하게 회수되었다.

"후우우."

레인은 길게 숨을 내쉬며 가슴을 진정시켰다.

남들이 봤을 때는 조금 특이한 검무였다. 하지만 자세를 흐트러뜨리지 않고 끝까지 펼치기 위해서는 엄청난 내공이 필요했다.

이름하야 월하단천검무.

세이렌이 가르쳐 준 무공 중 하나다.

레인은 다시 몇 가지 무기를 꺼내 초식을 풀어나갔다.

짝짝짝.

갑자기 박수 소리가 들리자 레인이 고개를 돌렸다.

세이렌이 수련장의 입구에 서 있었다.

"그 정도면 더 배울 것도 없겠는걸?"

레인은 머리를 긁적거렸다.

"하하, 이제 겨우 흉내나 좀 내는 건데요."

"그것도 쉬운 일이 아니지."

세이렌의 칭찬에 레인은 미소를 지었다.

"그런데 무슨 일 있어요?"

언제부턴가 세이렌은 레인의 수련을 방해하지 않았다.

가끔 진도를 확인하고 새로운 걸 가르치는 게 전부였던 것이다.

그건 이제 더 가르칠 게 없다는 뜻이기도 했고, 스스로 알아서 하라는 의미였다. 재촉한다고 실력이 느는 게 아님을 알았기 때문이고, 실전을 겸해 용병으로 보낸 것도 모두 그런 이유에서였다.

"오늘 아카데미로 떠나지 않니."

"아! 그, 그렇죠. 하하하!"

레인이 머리를 긁적거렸다.

세이렌은 피식 웃더니 반지를 하나 꺼내주었다.

"이게 뭐죠?"

레인은 조심스럽게 반지를 살폈다.

아무런 장식도 없이 평범하게 생긴 은색의 반지였지만 안쪽 부분에 정교하게 세공이 되어 있었다.

"이거 마법진이군요."

"그래, 맞아. 일단 손가락에 껴보거라."

레인은 잠시 주저하는 모습을 보였다.

지금까지 세이렌이 주는 걸 무심코 받다가 된통 당한 적이 한두 번이 아니다.

"어서."

레인은 깜짝 놀라며 서둘러 손가락에 반지를 끼웠다.

아버지도 무서웠지만 어머니는 더욱 무서웠다.

어린 시절, 세이렌에게 과거의 이야기를 들었다.

세이렌은 고대 동대륙과 비슷한 환경을 가진 곳에서 왔다고 했다.

구파일방이라고 하는 무공에 미친 무예가들과 오대세가라고 하는 귀족들이 있었다. 또 악당들을 모아놓은 사파연합도 있었으며, 마족들이 지상에 내려와 세운 종교인 마교도 있었다.

그 많은 단체들은 무림이란 곳을 지배하기 위해 피를 흘리며 싸웠다.

그곳이 바로 어머니가 살던 세계였다.

어린 레인의 기준에서 봤을 때 그 동네(?)는 정말 무시무시한 곳이었다.

지금이야 그런가 하고 넘길 수 있었지만.

"그 반지에 내공을 넣어보아라."

레인은 시키는 대로 마나를 움직였다.

반지가 웅웅거리며 은색의 빛이 나기 시작했다.

"그리고 시동어를 말해라, 트랜스라고."

"트랜스."

반지의 빛이 강해지더니 순간 번쩍거렸다.

화끈하고 짜릿함이 레인의 몸을 휘감았다.

"뭐예요, 이거?"

레인은 인상을 찌푸리며 손을 털었다. 뭔가 마음에 들지 않는다는 눈치다.

"거울을 보거라."

레인은 무심한 표정으로 벽 쪽으로 걸어갔다.

"어, 어라?"

레인은 깜짝 놀랐다.

자신의 탐스럽고 긴 흑발이 어느새 찬란한 황금색으로 바뀌어 있었다.

"이건, 설마……."

"그래, 맞다. 그 반지는 집어넣은 마나의 양에 따라서 한동안 모습을 바꿔주는 아티팩트지."

레인은 신기한 듯 거울에 비친 자신의 모습을 살폈다.

머리카락 색이 변한 걸 제외하면 특별한 건 없었다. 하지만 어딘가 전체적으로 느낌이 달라졌다.

더 황당한 건 손가락에 걸려 있어야 할 반지의 모습이 보이지 않는다는 점이다. 확실히 느낌은 남았는데도.

레인이 내공을 거두자 원래의 모습으로 돌아갔다.

"시간이 지나 그 반지를 능숙하게 다룰 수 있다면 네 모습의 일부를 변형시키는 것도 가능하단다. 물론 상상력과 충분한 내공이 필요하겠지만."

"근데 이걸 왜 주는 거죠?"
"그건 아버지가 설명해 줄 거다. 그리고 이것도 받아라."
세이렌은 녹색의 가죽 가방을 내밀었다.
"윽."
레인은 단번에 가방 속 내용물을 확인할 수 있었다.
보통 사람이라면 거의 느끼지 못할 정도였다.
하지만 레인은 그 미세한 냄새를 십오 년 가까이 맡으면서 지냈다.
그건 바로 치명적인 독약이었다.
"이걸 아카데미에 가서도 먹으라고요?"
"당연하지. 그래야 진기의 수련이 빨라질 게 아니냐."
"하아."
레인은 한숨을 내쉬었다.
어릴 때야 아무것도 몰랐으니 그냥 쓴 약을 먹는다고 생각했다.
나중에 알아보니 그건 치명적인 독이었다.
세이렌이 말하길 꾸준히 독을 먹어줘야 면역력이 강해지고, '연독진기'를 대성할 수 있다고 했다.
독약을 먹는 주기는 점점 짧아져서, 처음에는 한 달 간격으로, 그다음은 열흘 간격으로 줄다가 지금은 오 일에 한 번씩 먹고 있었다.

"이건 보름 간격으로 먹으면 된단다."

"이전보다 기간이 늘어났네요."

"그야 당연하지. 약효가 세 배로 독하니까."

"커헉."

레인은 순간 숨이 멎는 걸 느꼈다.

어젯밤, 침대에 누워 가만히 생각했다.

아카데미로 도망가면 아버지, 어머니의 간섭에서 벗어날 수 있을 것 같았다. 태어난 지 19년, 비록 잠시지만 드디어 독립(?)을 하는 것이다.

자유를 만끽하리라 했던 생각은 아침부터 박살이 났다.

아마도 이게 시작이리라.

"나중에 시간이 없을 것 같아 미리 당부를 하마. 비록 이 바이프 대륙에 있지만 넌 사천당문의 아들이다. 그리고 당문의 피를 이은 자는 반드시 지켜야 할 게 있다."

무슨 이야기가 나올지 뻔했다.

"당문은 은혜를 입은 자에게는 두 배로 갚고, 원한은 열 배로 되갚아준다. 그걸 잊지 말아야 할 거야."

"예, 명심하겠습니다."

"어서 가자. 내가 너를 위해 특별히 보양식을 준비했단다. 음식은 식으면 맛이 없어."

세이렌의 말에 레인은 어깨를 축 늘어뜨렸다.

깨끗이 씻고 식당으로 향했다.

상쾌한 새벽 햇살은 어느새 커다란 식당을 환하게 비추고 있었다.

대략 여덟 시, 언제나 함께하는 아침 식사였다.

칸젤은 모든 준비를 마치고 단단히 정신무장을 한 채 식탁에 앉아 있었다.

레인이 들어서자 세이렌이 손뼉을 쳤다.

곧 시녀 둘이서 커다란 솥을 가져와 식탁에 내려놓았다.

역한 냄새가 밀려오자 칸젤은 손가락을 튕겼다. 그러자 주위에 보이지 않는 막이 생기며 공기를 차단했다.

레인도 따라 하려 했으나 세이렌의 무시무시한 눈길에 참을 수밖에 없었다.

레인은 구원의 눈빛을 칸젤에게 보냈다.

어제까지만 해도 사랑한다고 하던 아버지는 차갑고 매정하게 자신을 외면해 버렸다.

칸젤은 뛰어난 마법사였지만 세이렌을 이길 수 없었다.

레인의 눈에 비친 세이렌은 그 흉악하다는 드래곤도 음식으로 만들 능력이 있었다. 그러니 고작(?) 5클래스의 마법사가 대들 실력이 아니었다.

"많이 먹으렴."

짙은 녹색의 수프가 레인의 접시에 가득 담겼다.

곰팡이 냄새가 나는 걸쭉한 수프였는데 보는 것만으로도 몸이 떨릴 정도였다.

"어머니, 아무래도 이건 도저히 못 먹겠는데요."

레인은 곤란한 표정을 지었다.

세이렌의 몸에서 날카로운 기운이 피어 나왔다.

그건 바로 살기였다.

"감히 이 어머니가 며칠 동안 고생해서 준비한 음식을 거부한단 말이냐?"

"아, 아뇨. 그런 게 아니라……."

"닥치고 먹엇."

레인은 본능적으로 자신이 처한 상황을 알 수 있었다.

안 먹으면 맞아 죽고, 먹으면 그냥 죽을 것 같은 위험을 앞에 두고 있었다.

결국 조금이라도 생존 가능성이 있는 곳에 목숨을 거는 게 현명했다.

레인은 억지로 수프를 입으로 가져갔다.

음식을 피하기 위해 위장이 도망치려고 할 정도로 역한 비린내가 올라왔다.

얼마쯤 먹었을까?

세이렌은 음식을 준비한 과정을 설명하기 시작했다.

"트롤 엑기스 중탕이라고 하지. 어머니 가문에 내려오는 특별한 방식으로 조리했단다."

레인은 내장까지 게워내고 싶었지만 억지로 참았다.

사실 트롤의 피는 고급 포션의 재료로 쓰일 정도로 효과가 뛰어났다. 특히 용병들은 회복에 좋다며 트롤 고기를 억지로 먹을 정도였다.

문제는 재료(?)를 구하기 힘들었고, 그것 이상으로 약효를 뽑아내는 게 힘들었다.

세이렌은 아주 간단한 방식으로 해결해 버렸다.

트롤을 산 채로 잡아와 커다란 통에 넣고 며칠 동안 끓여 버린 것이다.

이런 방식이라면 영양분이 달아날 틈이 없다.

맛은 더럽게 없겠지만.

레인은 트롤 엑기스를 먹으면서 차라리 예전에 먹은 물개 거시기 스테이크가 낫겠다는 생각을 했다.

어쨌든 지옥 같은 메인 식사가 끝났다.

다행히 디저트는 시녀들이 만든 것 같았다.

"아카데미를 가기 전에 당부를 하마."

이번엔 아버지 칸젤이었다.

"내가 해줄 말은, 남자는 줄을 잘 서야 한다. 또한 너무 튀거나 너무 가라앉으면 좋지 않다. 그냥 중간만 가라."

너무도 현실적인 말이다.

물론 레인도 세뇌당하다시피 들은 말이라 이해는 했다.

어릴 때 아버지는 황당한 이야기를 해주었다.

철로 된 마차가 도로를 달리고, 무쇠로 된 새가 하늘을 날아가는,

사람이 사는 마을이라면 언제든 뜨거운 물을 쓸 수 있었고, 손가락 하나만 까딱거려도 높은 곳을 오르락내리락할 수 있었다.

도저히 믿을 수 없는 세계였다.

그렇다고 믿지 않을 수도 없었다.

다른 사람도 아닌 아버지 칸젤이 그곳에서 살다가 왔다고 했으니까.

어쨌든 그 세계에서는 중간만 가는 게 최고의 미덕인 모양이었다.

"원래 인간이란 질투심이 많은 생물이지. 만약 너의 진실한 정체를 알게 된다면 많은 견제가 들어올 게 분명하다."

"예. 그럼 아무래도 귀찮아지겠지요."

레인의 대답에 칸젤이 미소를 지었다.

"그렇지. 우리가 일을 처리할 때 전면에 나서지 않는 것도 그런 이유에서다. 그리고……."

칸젤이 신호를 하자 또 시녀 둘이 들어왔다.

"아무래도 검은 머리카락은 너무 눈에 띄어."

검은색 머리카락은 매우 드물었다.

바이프 대륙의 북부에 있는 전사들과 남부에 있는 일부 부족들만이 가지고 있을 정도였다. 대륙 중부에 위치한 테일론 제국에서는 거의 볼 수 없는 것이다.

시녀들은 레인의 뒤로 가서 섰다. 머리끈을 풀자 긴 흑발이 허리까지 내려왔다.

"염색… 인가요?"

레인의 질문에 칸젤은 고개를 끄덕였다.

시녀들은 정성스럽게 레인의 머리카락에다 약을 발랐다.

"하면서 들어라. 로헬 백작 가문은 적어도 겉으로는 잘 알려져 있지 않다. 하지만 테일론 왕국이 제국이 되는 과정에서 나와 네 어머니는 적지 않은 일을 했지."

"그렇다고 알고 있어요."

대략적으로 들은 것만 해도 수십 가지가 넘었다.

테일론 제국이 왕국이었던 시절, 왕가에 치명적인 위협이었던 반란을 막았다.

또한 아버지 칸젤이 살던 세계의 제도를 일부 변형시켜 들여와 왕국을 부흥시켰다.

그중에 하나가 바로 군대라는 조금 독특한 제도였다.

당시 많은 귀족들의 반발이 있었다. 하지만 로일드 폰 테일론 국왕은 귀족들을 불러 모아 설득에 들어갔고, 결국 그 뜻을 이룰 수 있었다.

하지만 모든 게 완벽한 건 아니었다.

일부 귀족들이 그 사이에 끼어들어 부정부패를 저질렀으며, 결국 칸젤에 의해 제거되고 말았다.

마지막으로 칸젤은 지금은 제국의 영토가 된 당시의 왕국들과 수많은 귀족들을 몰락시켰다.

물론 그들 대부분은 죽어 마땅한 자들이었다.

"테일론 제국 황가와 공작, 후작들만이 우리 로헬 백작 가문의 진실을 알고 있단다. 그리고 일부 힘이 강력한 백작들도 포함되어 있지."

칸젤과 세이렌이 진실을 감추기 위해 노력했지만 사람의 입이란 건 쉽게 막을 수 없었다.

"로헬 백작가는 적이 많지. 어쩌면 그들의 아이들이 너에 대해 알 가능성도 있고."

"뭐, 저한테 장난질한다면 적당히 놀아주면 되죠."

"말 그대로 적당히만 놀아라. 지나친 건 부족한 것보다 못하니까. 물론 네가 알아서 처신을 잘할 거라고 생각한다."

"걱정 안 되게끔 하겠습니다."

칸젤은 고개를 끄덕인 뒤 한마디를 더 보탰다.

"명심해라. 우리가 신분을 드러내지 않는 건 힘이 없어서가 아니란다."

"그야 당연하죠."

레인은 피식 웃음을 터뜨렸다.

가끔 생각해 보지만 세이렌과 칸젤의 말은 어딘가 같으면서도 많이 달랐다.

그사이 염색이 끝났다.

레인은 거울을 쳐다봤다. 짙은 갈색의 머리카락이 조금 이질적이기는 했지만 큰 문제는 없어 보였다.

"임시방편이긴 하지만 삼 개월 정도는 유지가 될 거야. 어차피 그 기간이 지나면 방학이니 다시 염색을 하면 되지."

"예."

레인은 필요한 것을 준비하기 위해서 자신의 방으로 올라가려 했다.

"잊지 말아라, 넌 칸젤 반 로헬과 세이렌의 아들이다."

레인은 대답 대신 빙긋이 웃기만 했다.

Emperor Sword

CHAPTER 02
아카데미의 오우거

"하아, 여기가 아카데미란 말이지."

레인은 고개를 들어 커다란 성문을 쳐다봤다.

말이 좋아 아카데미지 이건 숫제 커다란 성이었다.

특히 정면의 성문 주위로 쳐진 높은 담은 마치 감옥을 연상시키기도 했다.

"정말 무식한 크기야."

레인은 살짝 인상을 찌푸렸다.

저택에서 점심때쯤 출발한 레인은 저녁이 다 돼서야 근처 마을에 도착했다.

아카데미로 오는 이들을 상대로 장사를 하는지 여관은 제법 컸다. 하지만 입학식이 이틀 전이라 방은 다 찼고, 결국 식사만 마치고 마차에서 밤을 새웠다.

몸도 뻐근했고 아카데미의 첫인상도 좋지 않았다.

"왠지 불길함이 살랑살랑 피어오르는걸."

레인은 성문 위를 쳐다봤다.

커다란 석판에 '테일론 제국 로열 아카데미'라고 새겨져 있었는데 녹인 황금을 부어 글자를 만든 것 같았다.

"저 비싼 황금을 고작 글자에 바르다니, 돈이 썩어나는 모양이야."

레인은 그렇게 투덜대며 활짝 열린 성문으로 향했다.

자신과 마찬가지로 입학을 하는 학생들이 몇몇 보였다.

대부분 부모들과 함께 왔는데 화려한 옷을 입은 걸 보니 귀족이었다.

'아, 여긴 귀족 가문의 자제들만 입학할 수 있다고 했지.'

테일론 제국에는 수많은 교육기관이 있었다.

최소 백작령의 중심 도시에는 고급 아카데미가 있었고, 허름한 영지라 해도 평민들을 위한 아카데미가 존재했다.

하지만 오직 이곳 로열 아카데미만이 귀족들을 위한 아카데미였다.

칸젤은 지배 계층인 귀족들이 바로 서야 제국이 안정된다고 생각했다.

그 의견을 받아들인 로일드 폰 테일론 황제는 수도 테일로드 인근에 적당한 부지를 마련해 로열 아카데미를 지었는데, 가문을 이을 귀족들은 반드시 이 아카데미를 거처야 했다.

다름 아닌 황제가 국법으로 정했으니까.

레인이 성문 앞에 이르자 풀 플레이트 메일을 입은 두 명의 기사가 나타났다.

"신분을 확인하겠습니다."

기사의 목소리는 당당했다.

레인은 태연히 신분패를 꺼내 보였다.

은은한 하얀 빛이 감도는 신분패를 확인한 기사들은 서기에게 뭐라고 말했다.

아마도 출입자의 신분을 기록하는 것 같았다.

"이쪽에 있는 목패 중 하나를 뽑으시면 됩니다."

레인은 커다란 상자 안에 있는 수많은 목패들을 살폈다.

각각 다른 번호가 적혀 있었는데 무슨 용도인지는 알 수 없었다.

'줄을 잘 서야 한다고 했지.'

레인은 별다른 고민 없이 중간 정도의 숫자가 적힌 목패를 뽑았다.

그렇게 레인이 통과하고 다른 청년들이 다가왔다.

기사들은 당연한 의례인 것처럼 또다시 신분 확인을 요구했다.

영지에서 떠받들어지며 자란 몇몇 철부지 청년들은 오히려 기사들을 무시했다.

그들 중 짧은 금발에 통통하게 살이 찐 녀석이 유독 따지고 들었다.

"머지않아 디란 백작가를 이을 카필드님이 바로 나다. 감히 일개 기사 따위가 내 앞을 막다니."

카필드란 녀석의 그 당당하고 어이없는 태도에도 기사들의 반응은 바뀌지 않았다.

이런 경험이 한두 번이 아닌 듯 보였다.

오히려 입가에 미소를 짓는 것이 우습게 보는 것도 같았다.

'디란 백작가라……. 어디서 들어본 것 같은데. 아! 디란 상단.'

용병으로 있을 때 몇 번 들었던 이름이다.

원래 상단주인 라폴드는 태생이 평민이었지만 상재가 뛰어나 상단을 크게 일으켰다.

그 돈으로 몰락한 백작 가문의 딸을 데려와 작위를 얻었고, 지금은 넓은 영지와 큰 상단을 가진 상태였다.

하지만 디란 상단의 소문은 좋지 않았다.

'역시 그 아버지에 그 아들이군. 위나 아래나 모두 개야.'

레인은 약간 짜증이 났다.

"누구라도 규칙을 지키셔야 합니다. 그게 싫다면 돌아가시면 됩니다."

기사의 말에 카필드는 인상을 찌푸렸다.

"그럼 너네 윗대가리를 불러와라. 적어도 기사단장쯤은 되어야 말이 통하지."

카필드가 이렇게 나오는 건 이유가 있었다.

아버지 라폴드는 백작의 자리에 오르면서 돈으로 많은 귀족들을 가신으로 끌어들였다. 주변의 다른 귀족들에게 무시당하지 않기 위해서였다.

카필드 역시 마찬가지였는데, 지금 그의 뒤에는 가신들의 자식이 있었기에 자신이 대단하다는 걸 보여줘야 했다.

한마디로 어린아이들의 철없는 생각이었다.

그렇게 소란이 일자 성문 밖에 있던 수많은 청년들이 호기심을 참지 못하고 몰려들었다.

그때 우람한 체구의 괴물(?)이 나타났다.

"무슨 일이십니까?"

웃고 있었지만 섬뜩하기 그지없는 표정이었다.

'오우거다.'

'영락없는 오우거야.'

실제로 오우거를 보지 못한 아이들까지 그렇게 생각할 정도로 흉악한 면상을 가지고 있었다.

물론 오우거 무리에 낀다면 미남이라고 할 수는 있었지만.

레인은 잠시 상황을 지켜보기로 했다.

커다란 체구의 기사는 복장부터 남달랐다.

갑옷은 번쩍거렸고 가슴에 훈장이 두 개나 달려 있었으며, 어깨에 있는 붉은 십자가 형태의 기사단 마크 역시 광이 날 정도였다.

"넌 누구냐?"

"하하, 저는 로열 아카데미 경비기사단장 체로키라고 합니다. 그런데 무슨 일이십니까?"

카필드는 이제야 자신을 알아본다는 표정을 지으며 어깨를 으쓱거렸다.

"나는 디란 백작가를 이을 카필드다. 저 기사들이 내 앞을 막기에 충고를 하고 있었다."

누가 들어도 사리 분별 못하는 애송이의 말이었지만 체로키는 웃으며 고개를 숙였다.

"제 수하들이 카필드님을 몰라보고 실수를 한 모양입니다. 우선 안으로 들어오시지요."

체로키가 정중한 자세로 손을 가슴에 대었다.

카필드는 턱을 당당히 든 채 오만한 태도로 성문 안쪽으로 들어왔다.

레인은 인상을 찌푸리며 체로키와 카필드를 번갈아가며 쳐다봤다.

'저런 싹수 노란 녀석은 잡을 수 있을 때 잡아야 하는데.'

그때 레인의 귀를 뭔가가 간지럽게 했다.

저 멀리서 서너 명의 기사가 귓속말을 하고 있었다.

레인은 귀를 쫑긋 세우고 그 방향으로 의식을 집중했다.

"저 녀석들이 올해 첫 번째 희생양이군."

"미친놈들, 하필 트윈헤드 오우거를 건드리다니."

"트윈헤드 오우거?"

"아, 자네는 들어온 지 얼마 안 돼서 모르는 모양이군. 로열 아카데미 경비단장인 체로키님은 평소에는 착해. 하지만 확 짜증이 나면 미쳐 버리지. 이중인격이란 말이 있을 정도라고."

"아하, 그래서 머리가 두 개인 오우거라 하는군."

"그래, 자네도 조심하게. 한번 돌아버리면 학장님도 말릴 수 없다고."

대화를 들은 레인은 체로키를 위험인물로 분류했다.

아니나 다를까, 잠시 후 충격적인 광경이 벌어졌다.

카필드가 성문 안으로 완전히 들어서는 순간이었다.

체로키가 손을 뻗어 카필드의 멱살을 잡고 들어 올렸다.

"큭! 뭐, 뭐야?"

카필드가 버둥거렸지만 체로키의 팔뚝은 꿈쩍도 하지 않았다.

"여기가 너희 집 안방인 줄 알아?"

체로키가 팔을 마구 흔들자 카필드의 머리가 오뚝이처럼 빙글빙글 돌아갔다.

"푸르르, 으부, 읍스, 부부부."

"새파랗게 어린 녀석이 어디서 못된 것만 배워가지고."

카필드의 동공이 자리를 잡지 못하고 둥둥 떠다녔다.

체로키가 손을 놓았다.

털썩 바닥에 주저앉은 카필드는 어지러운 듯 머리를 흔들더니 그대로 드러누워 버렸다.

체로키는 그 광경을 보고 있는 청년들을 쳐다봤다.

"거기서는 너희들이 무슨 짓을 하든지 나는 상관하지 않는다. 하지만 성문 안으로 들어오면 다르다. 내가 곧 법이란 말이다."

실로 오만한 말에 몇몇 청년들이 발끈했다.

다들 귀족가의 자제이고, 그들 중 일부는 어지간한 귀족들도 고개를 들지 못하는 대영주였다. 그러니 고작 아카데미의 경비나 서는 기사들을 발아래로 보는 게 당연했다.

불만 가득한 눈빛을 확인한 체로키가 발을 굴렀다.

쿠우웅!

굉음과 함께 지축이 흔들리자 가까이 있던 청년들이 휘청거렸다.

"이런 건방진 녀석들 봤나? 배움을 청하러 왔으면 대가리부터 숙일 것이지 어디서 눈을 부라려. 아직도 자신이 대단하다고 생각하는 겁대가리없는 녀석들은 나서라. 내 그 썩은 정신 상태를 고쳐 주마."

다들 꿀 먹은 벙어리처럼 입을 다물었다.

슬쩍 쳐다만 봐도 꿈에 볼까 무서운 체로키였다. 이제 갓 성인식을 마친 아이들이 감당할 수 있는 존재가 아니었다.

레인은 피식 웃음을 터뜨렸다.

'행동은 마음에 드는데 조금 걱정이 되는군.'

입학하는 이들 대부분은 귀족가의 청년들이었다. 그들 중에는 공작의 아들이, 후작의 여식이 있을 수도 있었다.

물론 귀족가의 자제들은 정식 귀족이 아니었다.

특별한 공을 세우거나 능력을 입증하지 못하면 그저 준남작 정도의 대우밖에는 받을 수 없었다.

그럼에도 그들의 권세는 막강했다.

대부분의 청년들은 아버지가 백작이면 자식도 백작 대우를 받는 게 당연하다고 생각했던 것이다.

만약 저 오우거 기사의 신분이 낮다면 자신의 목을 걱정해야 했다.

우려는 금방 사라졌다.

체로키는 다른 청년들이 보라는 듯 카필드의 멱살을 잡아 일으켰다.

"디란 백작가라고 했나? 이름조차 들어보지 못한 그따위 귀족이, 그것도 그 아들놈 따위가 감히 체로키 반 스펜타임에게 인사를 받으려 들어?"

순간 청년들이 동요하기 시작했다.

체로키란 이름은 생소했지만 스펜타임은 달랐다.

제국은 광활했고, 많은 귀족이 있었다.

여섯 명의 공작과 스물에 가까운 후작, 그리고 백여 명이 넘는 백작이 존재했다.

백작들의 순위를 매긴다면 열 손가락에 안에 들어가는 가문이 바로 스펜타임 백작가였다. 어지간한 후작가와 맞먹는 권력을 지닌 대영주인 것이다.

디란 백작 가문이 지금보다 서너 배 이상 커진다고 해도 스펜타임 백작 가문의 다섯 가신보다 못했다.

"잘 들어라. 여기 로열 아카데미는 너희들의 그 썩어빠진 귀족 근성을 박살 내기 위해 만들어졌다. 만약 이 안에서 귀족 어쩌고 하다가 내 눈에 걸리면 그 길로 쫓아낼 것이다."

청년들의 웅성거림이 더욱 커졌다.

귀족 가문을 이을 자들은 로열 아카데미를 다니도록 법으로 정해져 있었다.

 만약 여기서 불미스러운 일로 쫓겨난다면 일반 평민들이 가는 군대라는 곳으로 가야 했다.

 귀족이기 때문에 무조건.

 레인은 그제야 칸젤이 했던 이야기 하나를 떠올릴 수 있었다.

 "나라를 안정시키려면 귀족들이 바로 서야 한다. 하지만 제국이 된 이후 태어난 귀족들은 어려움을 몰라. 그들을 바로잡지 않으면 제국은 흔들리게 될 거다."

 그러면서 당부를 했다.

 "귀족은 귀족다워야 한다. 그러기 위해 만든 곳이 바로 로열 아카데미다. 명심하여라."

 레인은 고개를 끄덕이며 체로키를 쳐다봤다.

 그가 왜 저런 쇼를 하는지 이해가 되었다.

 당장 그 효과가 드러났다.

 귀족 가문의 청년들은 찍소리도 못하고 신분패를 꺼내 들었고, 곧 조심스럽게 목패를 골랐다.

'입구부터 이런 난리라니, 정말 재밌는 아카데미야.'

레인은 더는 볼 것 없다는 표정을 지으며 몸을 돌린 뒤 신입생을 환영한다는 안내표를 따라 움직였다.

한 시간 뒤, 또 다른 귀족 청년의 비명이 울렸다.

그날 하루 체로키의 손에 멱살이 잡힌 청년은 모두 네 명이었다.

"여기가 기숙사군."

레인은 목패의 숫자가 기숙사의 방 배정표란 걸 뒤늦게 알아차렸다.

방은 의외로 넓어 보였다. 가구라고는 달랑 네 개의 침대와 책상, 그리고 개인용으로 만들어진 옷장 겸 사물함이 전부였던 것이다.

레인은 가장 햇볕이 잘 드는 창가 쪽 침대에 자리를 잡고 짐을 풀기 시작했다.

짐 정리를 모두 끝냈지만 아무도 찾아오지 않았다.

"내가 너무 일찍 온 건가?"

다른 귀족들은 여관에서 아침 식사까지 마치고 복장을 갖춘 뒤에 출발했으니 레인이 빨라도 한참 빨랐다.

레인은 침대에 드러누워 눈을 감았다.

퀴퀴한 냄새가 약간 났지만 그리 불쾌하진 않았다.

"잔소리는 안 들어서 좋은데, 왠지 좀 적적하네."

바로 그때였다.

밖에서 문을 여는 소리가 들렸고, 키 작은 꼬맹이 하나가 안으로 들어왔다. 귀족임에도 영양 상태가 상당히 부실한 듯 눈 밑에 다크서클이 가득했다.

꼬맹이는 목패와 방 입구의 문패를 몇 번이고 확인한 다음 소심한 태도로 방 안에 들어섰다.

레인이 먼저 말을 걸까 잠시 고민하는 사이 그 꼬맹이는 입구 바로 앞에 자리를 잡고 짐을 풀었다.

어딘가 사람을 꺼리는 눈치였다.

"여기가 내 방이란 말이지."

화통한 목소리에 레인과 꼬맹이가 그쪽을 쳐다봤다.

커다란 덩치의 청년은 다른 사람이 있는 걸 확인하고는 인상을 찌푸렸다.

"혼자 쓰는 게 아니었나?"

덩치는 그렇게 말하며 방을 둘러보다 레인과 눈이 마주쳤다. 본능적으로 레인이 누워 있는 침대가 가장 좋은 자리임을 눈치챈 것이다.

덩치는 잠시 망설이더니 레인을 향해 다가왔다.

"난 홀스라고 한다."

위압감을 주려는 듯 잔뜩 근육을 부풀린 모습이었다.

레인은 단번에 덩치의 속내를 파악했다.

"난 레인."

레인이 짧게 말을 끝내자 어쩔 수 없이 홀스가 먼저 용건을 말해야 했다.

"난 그 자리가 마음에 드는데, 양보해 줄 수 없겠나?"

"미안. 나도 여기가 마음에 드는걸."

침대에 누운 채 레인은 두 팔을 활짝 폈다.

홀스는 잠시 고민에 빠졌다.

기숙사가 배정되면 학년이 올라갈 때까지 그대로이기에 같은 자리를 계속 써야 했다.

그렇다고 좋은 자리를 양보할 생각은 없었다.

'어차피 여기서 자리를 잡으려면 처음에 기세를 꺾는 것도 중요하지.'

결정을 내린 홀스가 막 뭐라고 할 때였다.

"오오, 여기가 내 방이군."

벌컥 문이 열리며 촌스러운 복장의 청년 하나가 들어왔다.

순간 레인과 홀스, 꼬맹이의 시선이 청년을 향해 집중되었다.

청년은 환하게 웃고 있었는데, 어딘가 어설퍼 보였다.

한껏 멋을 내려는 의도였는지 요란한 색깔의 옷과 장신구로 치장하고 있었다. 반대로 손질을 안 했는지 금발은 부스스

했으며 얼굴에 주근깨가 가득했다.
 특히 놀라운 건, 최근에 개발되어 귀족들 사이에 유행을 타기 시작한 안경을 끼고 있었다.
 '어디선가 본 것도 같은데.'
 레인은 고개를 살짝 갸웃거리며 청년의 얼굴을 살폈다.
 동그랗고 두꺼운 알과 백금으로 된 테로 인해 정확한 형태가 눈에 들어오지 않았다.
 청년은 활짝 손을 펼치며 말했다.
 "내 이름은 란트라고 하지. 반갑다, 나의 룸메이트여."
 요란한 동작으로 다가온 란트는 망설임없이 홀스의 손을 잡고 흔들었다.
 "아, 나는 홀스라고 한다."
 홀스가 자신도 모르게 대답하자 란트는 그를 끌어안았다.
 "앞으로 일 년 동안 잘 부탁해."
 그렇게 말한 란트는 레인을 쳐다봤다.
 란트는 잠시 주춤거렸지만 곧 누구도 눈치채지 못하게 레인에게 다가갔다.
 "거기 멋진 친구는 이름이 어떻게 되나?"
 "난 레인이라고 하는데, 우리 어디서……."
 "하하하, 반가워. 우리 친하게 지내자고."
 레인은 서둘러 말을 자르는 란트가 약간 의심스러웠지만

그 정신없는 요란함으로 인해 깊게 생각하지 못했다.

그때 구석에서 조용히 있던 꼬맹이가 다가왔다.

"나는… 콘티엘이라고 해."

부끄러움을 타는 성격인 모양이었다. 하지만 지금이 아니면 소개를 할 수 없을 것 같다는 생각에 나선 것 같았다.

란트는 그런 콘티엘의 어깨를 손으로 쳤다.

"반가워, 귀여운 친구."

"나도 반가워."

란트가 한바탕 휘저어 버리는 바람에 분위기가 산만해지자 홀스는 작게 한숨을 내쉬었다.

일 년 동안 같이 지낼 룸메이트다.

이런 분위기에서 자리싸움을 할 정도로 홀스는 생각이 없지 않았다.

홀스가 그다음으로 좋은 창가 자리로 향할 때였다.

"와아! 이 침대, 정말 마음에 드는군."

란트가 어느새 그 자리에 주저앉았다.

홀스는 뭐라 말하려다 말고 한숨을 내쉬더니 그냥 고개를 흔들며 남은 자리로 향했다.

레인은 그 과정을 모두 보고 피식 웃음을 터뜨렸다.

'일단은 괜찮은 친구들 같군. 저 덩치도 그렇고 꼬맹이도. 하지만 저 란트란 녀석은 어딘가 의심스러워.'

옷차림도 그랬지만 행동이 과장된 것도 어딘가 부자연스러웠다.

가장 걸리는 건 어디선가 본 듯한 얼굴인데 기억이 잘 안 난다는 거였다.

곧 짐 정리가 끝나자, 아니나 다를까, 란트가 먼저 말했다.

"우리 앞으로 일 년 동안 지내야 하니까 서로 소개를 했으면 좋겠는데."

그 말에 반대하는 사람은 없었다.

"우선 나 먼저 소개하지. 이름은 란트, 굳이 성을 밝힐 필요는 없겠지?"

로열 아카데미는 귀족들만 오는 곳이다.

성을 말한다는 건 자신의 작위를 밝히는 것과 마찬가지였다. 하지만 대다수 학생들은 아직 정식으로 작위를 받지 못했으니 준남작 정도의 대우를 받는 게 일반적이었다. 공작가나 후작가의 자제가 아닌 한, 이들의 신분은 비슷하다고 봐도 좋았다.

아무리 대단한 척해봐야 다들 거기서 거기라는 의미였다.

란트가 지적한 건 바로 이 부분이었다.

"하긴, 같이 지낼 사이에 굳이 작위를 따지는 게 우습지. 그리고 이왕 이렇게 된 거, 다들 말을 편하게 하자."

레인이 살짝 떠보기 위해 말했다.

다들 동의하는 듯 고개를 끄덕이는 가운데 홀스의 표정이 약간 어두워졌고, 레인은 그걸 놓치지 않았다.
 싫든 좋든 일 년을 함께할 친구들이다.
 어딘가 부족해 보이는 이 친구들이 레인은 마음에 들었다.

Emperor Sword

CHAPTER 03
페르제와의 만남

붉은 머리카락, 당당함을 넘어 오만한 인상에 다소 눈초리가 찢어지긴 했지만 청년의 얼굴은 제법 준수했다.
 입고 있는 옷도 대륙 남부에서 난다는 희귀한 실크로 만든 것이었고, 값비싼 보석으로 장식된 반지를 한 손에 세 개나 끼고 있었다.
 한마디로 귀한 집 자식임을 알 수 있는 모습이었다.
 청년의 이름은 페르제 드욘 루틴.
 제국의 수많은 귀족 중에서 가장 넓은 영토를 가지고 있는 대영주 루틴 공작 가문의 장자였다.

"분명 로헬 백작 가문이라고 했나?"

페르제의 말에 앞에서 무릎 꿇고 있던 청년이 고개를 들었다.

밝은 갈색 머리카락을 가지고 있었고, 같은 색의 짙은 눈동자가 어딘가 믿음이 가게 만드는 인상이었다.

청년의 이름은 하네스. 페르제 드욘 루틴의 오른팔이자, 루틴 공작령 내에서도 세 손가락 안에 드는 후작 가문을 이을 자였다.

"예, 확실합니다. 성문 입구에서 신분패를 보였을 때, 기사가 확인을 했고 그 내용을 서기가 기록했습니다. 거기에는 분명히 로헬 백작 가문이라고 적혀 있었습니다."

으드드득.

이를 가는 소리가 선명하게 울렸다.

페르제는 억지로 분노를 참고 있었다.

루틴 가문이 공작의 작위가 된 건 불과 삼십 년 전.

그 이전에는 루틴 왕국의 왕족이었다.

즉, 페르제 드욘 루틴은 원래라면 왕태자가 되어야 할 신분인 것이다.

테일론 제국이 대륙 중부의 절반을 통일했을 때, 북쪽 국경과 맞닿아 있는 곳이 바로 루틴 왕국이었다.

당시의 루틴 왕국은 아래로 테일론 제국, 위로는 발틴 제국 사이에 끼어 있었다.

이해득실을 계산한 루틴 왕국의 국왕 파르티안은 지금의 영토와 권위를 인정받는 대가로 테일론 제국에 항복을 하고 말았다.

그로 인해 왕가는 공작가로, 공작들은 후작가로 내려섰으며 계급이 낮은 귀족들은 평민이 되어야 했다.

루틴 왕국의 많은 귀족들이 반대했지만 어쩔 수 없었다.

발틴 제국의 황제는 폭군이면서 뛰어난 전사였고, 패배한 자의 목을 치는 게 명예라고 생각했다. 그리고 그의 시선은 두 제국 사이의 무역을 통해 막대한 부를 이룩한 루틴 왕국에 머무르고 있었다.

즉, 발틴 제국의 황제에게 유린당할 바에야 그에 맞먹는 테일론 제국의 힘에 기대는 것이 옳았다.

"그 모든 게 로헬 백작가의 공작이었지."

나중에서야 밝혀진 진실이었다.

로헬 백작이라는 자가 계략을 써서 발틴 제국의 황제를 움직였고, 루틴 왕국에 소문을 퍼뜨렸다고 했다.

두 제국 사이에서 고민하던 파르티안 국왕이 항복을 한 건 그런 이유에서였다.

루틴 왕국이 자청해서 흡수되자 테일론 제국의 황제는 다른 왕국들에게 사신을 보내 이제 평화를 원한다며 동맹을 맺기를 원했다.

그로부터 삼십 년이 지났다.

대륙 북부의 발틴 제국과 그 인근에는 아직도 전쟁을 벌이고 있었다. 하지만 대륙 중부, 즉 테일론 제국의 영향력 아래 있는 나라들은 피 한 방울 흘리는 일 없이 지금까지 평화를 즐길 수 있었다.

수많은 백성들은 평화를 만들어낸 로일드 폰 테일론 황제를 찬양했다. 하지만 권력을 빼앗긴 몇몇 왕가의 후예들은 황제를 저주했다.

그렇다고 백성의 지지를 받고 있는 황제를 향해 칼을 겨눌 수는 없는 노릇. 결국 그 뼈에 사무친 원한은 로헬 백작가로 집중되었다.

"하네스, 다시 한 번 파악해라. 우선 로헬 백작 가문의 아들이 맞는지."

"그 외에 따로 분부할 일은 없으십니까?"

하네스가 확인하려는 듯 묻자 페르제는 살짝 인상을 찌푸렸다.

"모든 일은 그다음에 결정한다. 괜히 확실하지도 않은 녀석을 건드려서… 우리의 존재를 알릴 필요는 없으니까."

"알겠습니다."

하네스가 물러갔다.

페르제는 의자에 몸을 깊숙이 묻었다. 그리고 살짝 입술을 깨물더니 생각에 빠져들었다.

*　　*　　*

서로에 대해 어느 정도 이야기할 수 있을 정도로 시간은 충분했다.

먼저 입을 연 홀스는 솔직한 생각을 이야기했다.

"난 아카데미를 우수한 성적으로 졸업할 생각이다. 지내다 보면 함께해야 할 경우도 많을 테니 너희들이 날 믿고 따라와 줬으면 좋겠다."

그의 말투는 강한 의지가 느껴질 정도였다. 너무 지나쳐 오히려 불편할 정도로 말이다.

그렇게 이런저런 이야기가 오가는 사이 레인은 의외의 것을 발견할 수 있었다.

처음의 성격을 봤을 때 가장 말이 많을 것 같았던 친구가 바로 란트였다. 하지만 란트는 상대의 말을 들으려는 듯 맞장구만 치고 있었다.

반대로 가장 말이 많았던 건 바로 콘티엘이었다.

이제는 많이 편안해졌는지 스스럼없이 이야기했고, 자신의 꿈에 대해 설명까지 할 정도였다.

"난 큰 욕심 없어. 내가 되고 싶은 건 인정받는 생활마법사야."

생활마법사란 말이 생소했는지 홀스가 눈을 깜빡거렸다.

"생활마법사가 뭐야?"

"생활마법사는 말 그대로 사람이 살아가는 데 필요한 걸 마법으로 처리해 주는 마법사를 말해."

핵심을 짚는 말이었지만 설명이 부족했다는 걸 느꼈는지 란트가 나섰다.

"귀족가에 보면 하인들이 하는 일이 있잖아. 물을 데운다 던가 짐을 나른다던가 하는 거. 생활마법사는 마법으로 그런 걸 하는 사람들을 말하지."

"힘들게 배운 마법으로 고작 그런 걸 한다는 말이야?"

홀스는 이해가 안 된다는 표정이었다.

그는 모르고 있었지만 이미 생활마법사는 새롭게 각광받는 직업 중의 하나였다.

테일론 왕국이 제국이 되면서 전쟁은 끝났다.

이름을 날린 마법사들은 마탑에 들어갔지만 낮은 클래스의 마법사들은 할 일이 없어진 것이다.

이들은 생존을 위해 사람들의 생활에 뛰어들었다.

많은 양의 물을 끓이기 위해서는 커다란 솥과 많은 장작이 준비되어야 했지만 마법사에게는 필요없었고, 커다란 짐을 높은 곳에 나르기 위해서는 많은 인력과 노력이 필요했지만 마법사에게는 간단했다.

이처럼 일상적인 생활에서 마법은 큰 도움이 되었고, 그 활용도가 높아지다 보니 생활마법사는 환영을 받았다.

"우리 가문이 있는 영지는 척박해서 마법사가 필요해. 하지만 어떤 마법사도 오려고 하지 않아."

흔히 있는 경우였다.

영지가 빈곤할수록 쓸 만한 인력이 부족해졌고, 그 현상은 가속화되었다. 생활마법사 역시 보수를 받고 하는 일이었기에 가난한 영지에 머물려고 하지 않는 것이다.

이해를 한 레인은 고개를 끄덕였다.

아버지 칸젤이 말하기를, 어쩌면 생활마법사들이 이 세계를 발전시킬지도 모른다고 했다.

아주 간단한 마법이지만, 그런 마법들이 생활에 깊숙이 파고든다면 사람들의 삶이 더욱 나아질 가능성이 컸다.

그게 곧 변화를 이끌 것이고, 사람들의 의식이 발전하는 계기가 된다는 것이다.

그때 란트가 레인에게 물었다.

"넌 이루고 싶은 꿈이 뭔데?"

"나? 글쎄, 생각해 본 적이 없는데?"

레인은 딱히 뭐가 되고 싶다던가 하는 게 없었다.

페르제와의 만남 69

부족한 것 없이 자랐고, 넉넉하다 해도 그걸 느낄 수 없을 만큼 바쁘게 살았다.

한마디로 수련이 인생의 전부였던 삶이다.

오히려 지금 이 순간의 여유를 즐길 수 있다면 그것으로 만족했다.

"정말 하고 싶은 게 없어? 대영주가 된다던가, 이름난 기사가 되거나, 아니면 대마도사 같은 거."

철없는 어릴 때야 잠시 생각해 봤지만 지금은 아니었다.

"아니. 별로 하고 싶지 않아."

"그럼 뭘 하려고 아카데미에 들어온 거야?"

콘티엘이 묻자 레인은 어깨를 으쓱거렸다.

"글쎄? 뭔가 배우러 온 것 같긴 한데 아직은 모르겠군."

레인은 번거로움을 피하기 위해 대충 그렇게 말했다.

홀스는 그런 레인을 못마땅하다는 눈빛으로 쳐다보더니 획 고개를 돌렸다.

"그나저나 배가 고픈데, 뭐라도 먹어야 하지 않아?"

란트의 말에 다들 고개를 끄덕였다.

이야기를 하다 보니 어느새 해가 졌고, 콘티엘의 배에서 꼬르륵 소리가 나고 있었다.

"어차피 내일 공식 행사인 입학식 전까지는 특별한 일이 없어. 신입생들이 학교에 적응하란 의미도 있고, 친구들을 사길 여유를 주기 위해서지. 우선은 나가자고."

"근데 넌 어떻게 그렇게 자세히 알고 있는 거지?"

레인의 예리한 질문에 잠시 움찔하던 란트는 웃으며 머리를 긁적거렸다.

"아! 하하! 별것 아니야. 조금 아는 형님 한 분이 작년에 여기 졸업을 했거든. 그래서 미리 아카데미에 오기 전에 이런저런 것들을 물어봤지."

"그래?"

대충 이해가 되는 설명이었다.

홀스는 란트와 좀 더 가까워져야겠다고 생각했다. 아무래도 뭐라도 알고 있는 녀석이면 확실히 도움이 될 테니까.

식당으로 가는 사이 란트의 설명이 이어졌다.

"기숙사가 있는 곳에서 작은 공원을 지나 보이는 첫 번째 건물이 바로 센티움 관이지."

다들 고개를 들고 건물을 쳐다봤다.

무려 오 층에 달하는 높이에 크고 웅장해서 보는 것만으로도 주눅이 들 정도였다.

"강의실이 대략 서른 개 정도 되고 각종 행사가 열리는 대강당이 있지. 그리고 사층부터 교수들의 연구실이 있어."

"그럼 오층은?"

콘티엘이 묻자 란트는 묘한 미소를 지으며 대답했다.

"학장실과 몇몇 특정 인물들이 거주하는 공간이지."

"특정 인물들이라면?"

그 질문에 대답한 건 홀스였다.

"그야 뻔하지. 지체 높은 귀족 가문 자제들이거나 제법 든든한 배경이 있는 녀석들."

약간 비꼬는 듯한 말에 란트가 어깨를 으쓱거렸다.

"정말 정확한 설명이야."

레인은 슬쩍 센티움 관을 살펴본 다음 앞으로 나갔다.

센티움 관의 중앙에는 뒤로 지나갈 수 있게 커다란 복도가 만들어져 있었다.

바닥이 대리석으로 되어 있었는데, 그 복도의 중간 중간에 커다란 영웅상 조각이 설치되어 있었다. 또 그 아래에는 철판으로 영웅들에 대한 약력과 그를 기리는 시가 새겨져 있었다.

한참이나 걷던 레인은 문득 자신의 시선을 잡아끄는 쪽으로 고개를 돌렸다.

연인으로 보이는 한 쌍의 남녀에 대한 조각상이었다.

우람한 체구에 멋들어진 수염, 화려한 스테프를 들고 망토를 휘날리는 마법사와 커다란 로브로 얼굴을 가린 채 두 개의 단검을 들고 있는 여전사가 있었다.

'설마?'

레인은 슬쩍 그 아래 적힌 글씨를 눈으로 읽었다.

테일론 제국의 숨은 영웅 K&S, 제국은 영원히 그들을 기억하리라.

레인은 한숨이 나오는 걸 억지로 참았다.

혹시나 했는데 역시나였다.

얼굴의 윤곽과 모습이 미세하게 달랐지만 아버지 칸젤과 어머니 세이렌이 분명했다.

'나 참, 이런 게 다 있다니. 왠지 묘한걸.'

좋은 것 같으면서도 어딘가 간지러운 기분이었다.

레인이 머리를 벅벅 긁으며 조각상을 지나쳤고, 란트는 그 모습을 놓치지 않았다.

센티움 관을 지나자 커다란 광장을 볼 수 있었다.

"뭐, 나중에 알게 되겠지만 왼쪽은 실전 수련을 위해 만들어진 옐로우 스톤이고, 오른쪽은 학생들을 위해 마련된 그린 우드이지. 식당은 이쪽이야."

란트가 오른쪽으로 난 길을 향해 들어갔다.

잠시 후 아담한 크기의 그린우드가 나타났는데, 이름 그대로 녹색 지붕을 가진 삼 층 정도 높이의 건물이었다.

이미 많은 학생들이 와서 식사를 하는 듯 웅성거리는 소리가 들렸다.

란트는 자연스럽게 안으로 들어가며 말했다.

"식당은 저녁 여섯 시부터 여덟 시까지 마음대로 이용할 수 있는데 따로 돈을 내거나 하는 건 없어."

안을 둘러본 레인은 고개를 갸웃거렸다.

테일론 제국의 교육 기관은 모두 무료였다. 로열 아카데미 역시 마찬가지였는데, 그런 것치고는 준비된 음식들이 너무나 좋았다.

따뜻한 접시에 담겨진 고기들은 지방질이 적당히 섞여 있어 고급품임을 알 수 있었고, 과일이나 채소 역시 윤기가 흐를 정도였다.

"흐음."

콘티엘은 자신도 모르게 군침을 삼켰고, 홀스 역시 약간은 놀라는 모습이었다.

"우선 먹자."

란트가 자리를 잡는 사이 레인은 접시에 음식을 담기 시작했다.

홀스와 콘티엘도 먹고 싶은 것들을 담아서 자리로 왔고, 곧 식사가 시작되었다.

레인은 고기를 입으로 집어넣으며 룸메이트들을 관찰했다.

홀스와 콘티엘의 식사 모습은 억지로 예절을 지키려는 듯 어딘가 부자연스러웠다. 반대로 란트는 고급 예절 방식을 따르고 있음에도 당연한 것처럼 보였다.

어느 정도 배가 부르자 콘티엘이 식당의 한쪽을 가리켰다.

"저쪽은 뭐지?"

다들 고개를 돌려 그 방향을 쳐다봤다.

많은 이들이 앉을 수 있게 식당은 넓었는데, 그 한쪽에는 따로 칸막이가 쳐져 있었다.

틈 사이로 보니 음식도 고급스러웠고, 그 자리에 앉은 학생들의 옷차림도 어딘가 달라 보였다.

란트는 살짝 인상을 찌푸리며 말했다.

"아직은 몰라도 좋겠지만 이왕 이렇게 된 거 미리 들어서 나쁘진 않겠지. 너희들은 그러지 말라는 의미로 말해주는 거야."

란트는 손가락 네 개를 펼쳤다.

"일단 제국 귀족들은 네 개의 파로 갈라져 있어. 그 첫 번째가 친 황제파지. 로일드 폰 테일론 황제 폐하의 은덕으로 인해 제국이 이루어졌고, 대륙이 평화롭다는 생각을 가지고 있는 귀족들이지."

란트가 말하는 친 황제파는 황제에게 절대적인 충성을 맹세하는 이들이었다.

이들의 숫자는 다른 귀족파에 비해 많지 않았지만 영지는 대단히 부유했고, 국경을 수비한다던가 하는 이유로 많은 군사를 가지고 있었다.

한마디로 전체 귀족 세력 중 가장 영향력이 컸다.

"그다음은 친 귀족파지. 이들은 귀족의 권위를 우선시하는 편이야. 사실 그들의 말을 들어보면 그럴 만도 하고."

제국이 아직 왕국이던 시절, 귀족들은 많은 희생을 치러야 했다. 왕국을 일으키기 위해 많은 돈이 들어갔고 그 대부분이 귀족들의 주머니에서 나왔던 것이다.

그 당시의 귀족들은 오직 왕국을 위한다는 명분 하나로 평민들과 비슷한 수준의 생활을 해야 했다.

"좀 살 만해졌고, 제국까지 되었으니 이제는 귀족 대접 좀 받아야겠다는 거지. 문제는 그렇게 떠드는 귀족들 중에서 정말 힘들게 살았던 놈들은 없다는 거야."

"그건 어딘가 말이 안 맞는걸?"

레인이 묻자 란트는 손가락을 좌우로 저었다.

"생각해 봐, 왕국에서 제국으로 바뀐 지 벌써 삼십 년이야. 지금 친 귀족파의 귀족 중에 상당수는 그때 고작 열 살 정도였다고."

"하긴 그런 걸 알 나이가 아니지."

그때 가만히 있던 홀스가 약간은 흥분한 말투로 끼어들었다.

"맞아. 지금의 귀족들은 그때의 어려움과는 상관없어. 오히려 그걸 핑계로 제 뱃속을 채우려는 놈들뿐이라고."

란트는 분위기가 이상해지려는 듯하자 서둘러 대화의 방향을 돌렸다.

"또 하나는 과거 흡수되었던 왕국의 귀족들이 뭉친 거야."

다른 건 몰라도 그 부분에 대해서는 칸젤에게 들어서 알고 있었다.

"세 개의 왕국은 전쟁에서 항복을 했고, 두 개의 왕국은 싸움없이 흡수되었지."

문제가 되는 건 바로 그 두 개의 왕국, 루틴 왕국과 드랜 왕국이었다.

지금은 루틴 공작령과 드랜 공작령으로 되어 있었는데, 반발을 우려해 그들의 세력을 유지시킨 게 문제였다.

한동안 눈치를 보며 잠잠히 지내는가 싶더니 어느새 주변의 귀족들을 끌어들여 더 큰 세력을 형성했다는 것이다.

"그들을 구 왕국파라고 하는데, 문제는 그 귀족들의 자식들도 마찬가지란 거지. 이 아카데미 내에서도 그들끼리 편이 갈라져 있다고."

레인은 인상을 찌푸렸다.

"왠지 마음에 들지 않아."

대부분 빠르면 열여섯, 늦어도 스물 전에 아카데미에 들어온다.

　한마디로 어린 나이라고 할 수 있었다.

　그럼에도 벌써부터 세력이 어쩌고 하며 대립하는 게 왠지 거슬렸다.

　란트는 레인의 어깨를 툭툭 두드렸다.

　"그렇다고 너무 신경 쓸 필요는 없어. 그것도 쟁쟁한 가문들끼리의 이야기지 우리 같은 보통 학생들은 해당 사항이 없다고."

　란트는 간단히 설명을 보충했다.

　올해 신입생은 칠백 명, 학교 전체의 학생 수는 이천 명이 조금 넘었다. 그들 중 상위 귀족이라고 할 수 있는 공작, 후작, 그리고 특별한 백작 가문의 아이들은 모두 백 명 정도였다.

　한마디로 전체를 생각하면 무시해도 좋을 정도였다.

　바로 그때였다.

　식당 입구 쪽이 소란스러워지더니 여덟 명의 학생이 나타났다.

　오만한 표정에 붉은 머리카락을 가진 청년이 가장 앞에 있었고, 그 좌우로 하네스와 두 명의 청년이 호위를 하듯 따라왔다.

　어딘가 옷차림부터 화려했고, 풍기는 분위기 역시 남달

랐다.

 몇몇 학생들은 그 기운에 눌려 자신도 모르게 자리를 비켜 줄 정도였다.

 붉은 머리카락의 청년 페르제는 식당에 따로 마련된 자리를 향해 움직였다.

 페르제는 마치 쓰레기들을 훑어보는 눈빛으로 식당에 있는 청년들을 둘러봤다.

 그러다 레인과 눈을 마주쳤다.

 "흠."

 페르제가 잠시 멈칫하자 옆에 있던 청년이 조용히 물었다.

 "무슨 일이십니까?"

 "아니다."

 페르제는 다시 걸음을 옮기려다 빙긋 웃고 있는 란트를 보고는 살짝 인상을 찌푸렸다.

 페르제는 더 말하지 않고 그들을 지나치려고 했다.

 그때 뒤쪽에 있던 귀족 청년 하나가 갑자기 끼어들었다.

 "이게 누구야? 홀스, 홀스타인 론 반쉬 아냐?"

 자신을 부르자 홀스는 자리에서 일어나 고개를 숙였다.

 "안녕하십니까, 가르트님. 인사가 늦었습니다."

 홀스의 눈빛에 강한 살기가 깃들었지만 이내 무심한 표정으로 바뀌었다.

가르트는 살짝 인상을 찌푸렸지만 곧 피식거렸다.

"아하, 친구들과 식사 중인 모양이군. 하긴 게걸스럽게 먹다 보면 날 못 알아봤을 수도 있지. 좋아, 내 아량으로 용서하도록 하마."

레인은 왈칵 짜증이 밀려오는 것을 느꼈다.

가르트의 얼굴은 눈꺼풀이 반쯤 감겨 있어 졸려 보였고, 약간 삐뚤어진 코 옆에는 커다란 점이 있었다.

한마디로 멍청해 보이는데다가 재수까지 없어 보였다.

"그나저나 네가 어떻게 아카데미에 들어온 거지?"

가르트가 알면서도 모르는 척 말하자 홀스는 화를 참기 위해 주먹을 불끈 쥐었다.

"황제 폐하께서 모든 귀족 가문의 후손은 로열 아카데미에서 제대로 된 교육을 받아야 한다고 하셨습니다. 그러니 따르는 것이 도리 아니겠습니까?"

제국법으로 정해졌다는 걸 우회적으로 돌려 말하자 가르트는 다른 사람이 들으라는 듯 크게 소리쳤다.

"영지도 없고 가신도 없는 너 같은 녀석이 귀족이라니 정말 웃기는군. 하긴 반쉬라는 성이 있으니 몰락한 귀족도 귀족이긴 하다."

식당에 있던 청년들이 수군거리기 시작했다.

홀스는 부끄러움에 얼굴이 붉게 물들었지만 차마 대꾸할

수 없었다.

확실히 귀족의 피를 이었다면 로열 아카데미에 입학할 자격은 있었다. 하지만 가르트의 말대로 가신도 없고 영지도 없다면 귀족이라 하기에 애매했다.

특히 상인들이 많아지는 만큼, 시대에 적응하지 못한 몰락 귀족들의 숫자도 늘어나고 있는 상황이었다.

페르제는 뭔가 재미있는 일이 생기지 않을까 하는 생각에 가만히 지켜봤다. 하지만 가르트가 하는 꼴을 보니 저딴 녀석을 끌어들인 게 실수 같았다.

귀족은 귀족다워야 했다.

지금 가르트의 모습에는 품위가 없었고, 뒷골목 건달 녀석들이 시비 거는 것과 하나도 다를 바가 없었다.

페르제가 하네스에게 손짓을 하려는 순간이었다.

우드드득.

홀스가 움켜쥔 주먹에서 소리가 났다.

"반쉬 가문은 단지 지금 어려울 뿐입니다."

"흥, 네 녀석이 무슨 생각을 하는지 알겠다. 하지만 과연 그렇게 될까?"

일부러 성질을 건드리려는 듯 가르트가 비아냥거렸다.

홀스는 더 참지 못하고 그 재수없는 얼굴을 향해 주먹을 뻗었다.

커다란 덩치에서 뿜어져 나오는 힘은 강력했다.

펑.

가르트는 깜짝 놀라 그대로 주저앉았다.

"이런, 이런. 침착하라고."

홀스의 주먹을 막은 건 레인이었다.

페르제는 레인의 움직임에 약간 놀랐다. 홀스의 공격은 예상외였고, 들어보니 소리도 상당했던 것이다.

레인이 어깨를 툭툭 두드리자 홀스는 이상하게 힘이 쭈욱 빠지는 걸 느꼈다.

"흥분하는 건 몸에 안 좋아. 그리고……."

레인은 가르트를 내려다봤다.

"어이, 점박이."

너무도 황당한 호칭에 가르트가 발끈했다.

"너, 너 따위가 감히."

"그 못생긴 얼굴 보니까 갑자기 토할 것 같아. 우웩."

레인이 가르트를 향해 토할 것처럼 행동했다.

"히익."

가르트는 깜짝 놀라 손발로 바닥을 밀며 다급히 뒤로 물러났다.

레인은 그런 가르트를 향해 피식 웃음을 터뜨렸다.

순간 가르트의 얼굴이 붉어졌다. 자신이 보인 추태를 깨달은 것이다.
 "괜한 시비 걸지 말고, 식당에 왔으면 조용히 밥이나 처먹고 가라고."
 화가 난 가르트가 자리에서 벌떡 일어났다.
 "너……."
 "그만."
 "그만하지."
 페르제와 란트가 동시에 말했다.
 흥분한 가르트는 듣지 못했는지 레인에게 달려들었다.
 "이 자식이…… 컥."
 가르트는 갑작스러운 충격에 고개를 숙이고 말았다.
 손을 쓴 건 바로 하네스였다.
 가르트가 바닥에 엎어지자 하네스가 신호를 보냈다. 그러자 주위에 있던 청년 하나가 가르트를 업었다.
 페르제는 가볍게 고개를 흔들더니 란트를 쳐다봤다.
 두 사람 사이에 미묘한 뭔가가 흘렀다.
 결국 페르제가 먼저 입을 열었다.
 "미안하게 됐습……."
 "아, 죄송합니다. 제 친구들이 좀 흥분해서요."
 갑자기 란트가 말을 자르며 고개를 숙이자 페르제는 인상을 찌푸렸다.

페르제는 살짝 이를 악물더니 레인을 쳐다봤다.
"이름을 듣고 싶군."
레인은 어깨를 으쓱거렸다.
"이거 어쩌나. 난 남자한테 이름 같은 거 알려주는 취미는 없다고."
"내 이름은 페르제, 페르제 드욘 루틴이다."
페르제의 말이 끝나자 식당 한쪽에서 웅성거리기 시작했다.
"제법 유명인이셨군. 하긴 상대가 이름을 밝히는데 가만히 있는 건 예의에 어긋나니까."
레인은 씨익 웃었다.
"내 이름은 레인. 그걸로 충분하겠지?"
가만히 듣던 페르제는 곧 고개를 끄덕였다.
"레인이라……. 기억해 두지."
페르제가 몸을 돌리자 하네스와 청년들 역시 움직였다.
'아직은… 때가 아니다.'
페르제의 붉은 눈동자가 날카롭게 빛나고 있었다.

Emperor Sword

CHAPTER 04
신입생 환영회

기숙사 방 안은 조용했다.

란트는 잠시 일이 있다며 밖으로 나간 상황이었다.

홀스는 식당에서의 일 때문에 침묵하고 있었는데, 아무래도 생각을 정리할 시간이 필요한 모양이다.

콘티엘은 눈치를 살피며 조용히 책을 읽었다.

레인은 침대에 누워 눈을 감았다.

가능하면 나서지 않을 생각이었지만 홀스가 주먹을 뻗는 순간 자신도 모르게 손을 움직이고 말았다.

'아무래도 괜히 나섰나?'

가만히 생각해 보니 그 페르제란 녀석은 보통이 아니었고, 눈빛도 심상치 않았다.

레인은 곧 자신이 나선 이유를 알 수 있었다.

'용병 일에 너무 익숙해져서 그래.'

육 개월 동안의 생활이 자신의 기질을 거칠게 바꾸었다. 그리고 그 재수없는 녀석을 보자 용병 일을 했을 때 만났던 멍청한 상급자가 생각났다.

그 상급자는 자신의 일을 미루었고, 수시로 남을 탓하며 헐뜯었다. 그러면 자신이 우위에 서는 것이라고 생각했던 모양이다.

그 모습에 자신도 모르게 화가 났다.

'뭐, 어떻게든 되겠지.'

레인이 그렇게 생각할 때 침묵을 지키고 있던 홀스가 자리에서 일어났다.

"할 말이 있다."

레인과 콘티엘이 홀스를 쳐다봤다.

"다들 아까 있었던 일에 대해 궁금해할 거라고 생각한다. 가능하면 말하고 싶지 않았지만 이렇게 된 거, 너희들도 알아두는 게 좋을 거다."

홀스는 크게 심호흡을 한 뒤 말을 이었다.

"난 홀스타인 론 반쉬, 미들네임을 들어 알겠지만 난 반쉬 자작 가문의 장남이지."

테일론 제국은 작위에 따라 미들네임이 달랐다.

황제와 황가의 일족은 미들네임으로 폰을 쓰고, 공작은 드, 후작은 데를 썼다. 레인의 경우 백작 가문이기 때문에 반을 썼고, 홀스는 자작 가문이기에 론이었다.

페르제가 드욘이란 미들네임을 쓰는 건 공작 중에서도 특별한 신분이라는 의미였다.

"우리 반쉬 자작 가문은 익서스 백작가의 가신이었지. 문제는 반쉬 자작 가문의 대부분이 기사들이라는 점이었다."

레인은 대충 이해할 수 있었다.

하이로드인 백작 가문은 휘하에 여러 귀족 가신들을 두는데 각 가신마다 특정 분야에 강했다.

어떤 가문은 전투력을 책임지는 기사들을, 어떤 가문은 상단을 운용했고, 어떤 가문은 마법사를 키우기도 했다.

"반쉬 자작가는 기사단을 훈련시키고 키우는 것 외에는 아무것도 할 수 없었어."

홀스는 곧 과거에 있었던 일을 고백했다.

"나에겐 메이린이라 불리는 여동생이 하나 있었다. 나를 보면 믿기 힘들겠지만 동생은 어려서부터 미모가 뛰어났지. 그런데 그 가르트란 놈이 내 동생을 넘보기 시작한 거다."

홀스는 괴로운 듯 인상을 찌푸렸다.

거기서부터는 뻔한 이야기였다.

가르트는 자신의 아버지 카란드 백작에게 청을 넣어 메이린과 결혼시켜 달라고 했다. 하지만 카란드 백작은 보다 높은 신분 상승을 꿈꾸고 있었기에 가신의 딸을 며느리로 삼는 것을 반대했다.

가르트를 달래기 위해 카린드 백작은 대신 첩으로 삼게 해주겠다고 말했다.

반쉬 자작 가문의 가주이자 홀스의 아버지 헤스타인 자작은 화를 내며 그 제안을 단번에 거절하고 말았다.

무시당했다는 기분에 카린드 백작 역시 화가 났지만 내색하지 않았다. 헤스타인 자작은 백작 가문의 기사단 단장이었으며 손꼽히는 기사이자 실력자였기 때문이다.

"그렇게 그 일이 끝난 줄 알았지. 하지만 아니었어."

겉으로는 없는 일로 처리했지만 카르드 백작과 가르트의 생각은 달랐다. 원하는 걸 손에 넣기 위해 힘을 쓰기로 한 것이다.

마침 영지에 일이 있어 기사단을 보내야 했고, 헤스타인 자작이 움직여야 했다.

가르트는 그 기회를 틈타 반쉬 자작 가문의 저택에 들어와 메이린에게 치근거렸다.

가르트의 손을 뿌리치려던 메이린은 실수로 계단을 굴렀

고, 운이 없게도 목뼈가 부러져 즉사하고 말았다.

가르트와 다른 이들이 미처 손쓸 사이도 없이 벌어진 일이었다.

"나는 뒤늦게 소식을 듣고 저택으로 갔지. 그리고 발뺌하고 도망치려는 가르트를 두들겨 패버렸지."

"그냥 죽여 버리지 그딴 놈을 왜 살려둔 거야?"

레인의 말에 홀스는 씁쓸한 표정을 지었다.

"마음 같아서는 그렇게 하고 싶었지. 하지만 가르트는 카린드 백작의 유일한 아들이다."

모시는 로드 가문의 대를 끊는다면 그건 크나큰 불충이었다. 법으로 처리할 수 있는 중범죄가 아니라면 억울하더라도 참아야 하는 것이다.

"목숨은 붙여놔야 해서 병신으로 만들어 버렸지."

"그런데 보니까 잘 걸어 다니더군."

홀스가 손가락 세 개를 펼쳤다.

"삼 년이야. 그 병신이 자리에서 일어나기까지 걸린 시간이지. 그리고 우리 가문이 몰락하는 데 걸린 시간이기도 하고."

딸이 죽었으니 그대로 넘길 수 없었다. 그래서 헤스타인 자작은 재판을 벌였다.

결과는 예상한 대로였다.

메이린의 죽음은 우발적인 사고로 결정이 났고, 오히려 가르트를 폭행한 홀스에게 처벌이 내려졌다.

당시 가르트는 상당히 심각한 상태였다.

두 팔다리는 완전히 뒤틀어져서 걷는 것도 불가능했고, 갈비뼈가 박살 나서 숨 쉴 때마다 고통이 엄습했다.

이대로 살아 있는 것이 신기할 정도였다.

그럼에도 카린드 백작은 다른 가신들의 눈치 때문에 너그러운 판결을 내렸다. 홀스의 오해였지만 동생을 잃은 슬픔에 감정이 격해져서 벌어진 일이라고 하며 덮어둔 것이다.

카린드 백작은 뛰어난 마법사와 신관을 불러들였다.

비싼 돈을 들인 효과가 있는지 가르트는 서서히 회복되었고, 삼 년이라는 시간이 걸려 완전히 걸어다닐 수 있었다.

"다른 건 다 고쳤는데 휘어진 코는 바로잡지 못했더군."

가르트의 얼굴을 떠올린 레인이 피식 웃음을 터뜨렸다. 그러다 분위기를 보니 웃을 일이 아니었다.

"미안."

"아니, 괜찮다."

홀스는 그렇게 말한 뒤 한숨을 내쉬었다.

그 사건 이후 카린드 백작은 앙심을 품고 반쉬 가문을 몰락시키려 했다.

복수라는 의미도 있었지만 사람들이 반쉬 자작 가문의 이름을 들을 때마다 자신의 아들이 벌인 추태를 떠올릴 것 같아서였다.

카린드 백작은 우선 반쉬 가문의 기사들을 빼앗아갔고, 동시에 지원을 끊기 시작했다.

헤스타인 자작은 오로지 검술만 수련하던 기사였기에 정치적인 대응에 미숙했다.

그렇게 세력을 하나둘씩 뺏기고, 카린드 백작의 사주를 받은 상인에게 속아 재산까지 날려 버렸다.

그 충격에 쓰러진 헤스타인 자작은 침대에서 일어나지 못하고 있었다.

그제야 레인과 콘티엘은 식당에서 가르트가 시비 건 일과 홀스가 주먹을 휘두르려 했던 이유를 알 수 있었다.

가르트의 입장에서 봤을 때 홀스는 자신을 폭행한 하위 귀족에 불과했다. 하지만 홀스에게는 가문의 원수나 다름없었다.

한마디로 둘은 서로를 용납할 수 없는 사이란 의미였다.

홀스가 고개를 숙이고 참은 건 단지 반쉬 자작 가문을 위해서였다.

"지금 남은 건 반쉬 자작 가문이란 이름뿐이지. 그리고 난 아카데미에서 이름을 날려 가문을 부흥시킬 생각이다. 그런 다음에······."

홀스는 말을 멈추고 미소를 지었다.

레인은 그 웃음이 뜻하는 바를 단번에 이해할 수 있었다.

홀스의 꿈을 이루는 건 불가능하지 않았다.

로열 아카데미를 우수한 성적으로 졸업하거나 기사학부에서 뛰어난 실력을 보인다면 황성에 들어갈 수 있었다. 그렇게 된다면 신분이 상승할 테고 몰락한 가문을 부흥시킬 가능성이 컸다.

"네가 처음 소개했을 때 믿고 따라달라고 한 이유가 그거였군."

레인이 그때의 일을 말하자 홀스는 고개를 끄덕였다.

"부탁한다."

"나도 도와줄게."

콘티엘이 끼어들었고, 그렇게 세 친구는 서로의 손을 맞잡았다.

그때 문이 열리고 란트가 들어왔다.

"이런, 아직까지 안 자고 있는 거야?"

레인이 고개를 돌려보니 어느새 달이 높이 떠 있었다.

란트는 지친 듯한 표정으로 침대로 걸어갔다.

"미안. 나 피곤해서."

란트가 시체처럼 침대에 털썩 쓰러지자 레인과 홀스, 콘티엘도 침대를 향해 움직였다.

"레인."
홀스가 조용한 목소리로 부르자 레인이 고개를 돌렸다.
"왜?"
"아까… 고마웠다."
뭘 말하는 것일까?
레인은 그 의미를 알고 웃어주었다.

*　　　*　　　*

옐로우 스톤과 그린우드 사이에 있는 넓은 광장.
빰빠밤! 빰빠빠빠밤!
팡파르가 울리고, 곧 엄숙한 음악이 퍼졌다.
착착착착! 착착착착!
완전무장을 한 기사들이 들어오더니 일렬로 늘어섰다.
그 선두에 선 기사는 바로 트윈 헤드 오우거라 불리는 체로키였다.
"로열 나이트! 예검!"
체로키가 소리치며 검을 위로 들었다.
기사들도 검을 위로 들더니 체로키의 신호에 맞춰 움직이기 시작했다.
그 절도있는 움직임은 신입생들을 감탄시키기에 충분했다.

그렇게 기사단의 군무가 끝나고 다시 팡파르가 울렸다.
휘장이 걷히며 로열 아카데미의 학장이 등장했다.
학장의 모습에 레인은 경악을 금치 못했다.
'헉, 저건 회색 곰이다.'
학장은 커다란 덩치를 가지고 있는데다가 옷차림마저 괴상했다.
우선 꼬불거리는 회색 가발이 어깨까지 내려왔고, 금실로 화려한 수가 새겨진 회색 정장에다 반짝반짝 광을 낸 회색 구두까지.
통일성을 준 건 좋은데 그게 오히려 돼지 같은 몸매를 강조하고 있었다.
학장은 천천히 좌중을 돌아보며 말했다.
"안녕하신가, 재학생들? 그리고 반갑다, 신입생들아. 나는 이 로열 아카데미의 학장을 맡고 있는 파드 데 라르칸 후작이라고 한다."
나름 아카데미 학장답게 마법을 사용했는지 소리는 멀리까지 울렸다.
학생들은 파드 후작의 말에 집중했지만, 계속해서 이야기가 반복되고 지루해지자 곧 의식을 풀어버렸다.
어떤 학생은 모든 걸 포기하고 아예 맘 편하게 속으로 숫자를 새기도 했다.

연설이 끝난 건 그 숫자가 무려 이천이 넘었을 때다.

"테일론 제국력 539년 3월 3일, 로열 아카데미 입학식을 정식으로 마치노라. 그럼 모두들 신입생 환영회를 즐기도록."

학장은 등장할 때와 마찬가지로 뒤뚱거리는 걸음으로 사라졌다.

그다음으로 자리를 차지한 건 바로 트윈헤드 오우거, 즉 체로키 기사단장이었다.

"건방진 신입생들은 들어라! 다들 내가 누구인지 잘 알고 있을 것이다!"

체로키의 목소리는 강당을 울릴 정도로 우렁차 가까이 있는 학생들은 귀가 먹먹해질 정도였다.

"입구에서 나에게 징벌을 받은 녀석들은 특히 더 잘 알겠지만 내 당부하지! 여기는 아카데미다! 너희 집구석이 아니란 말이다!"

학장이 연설할 때와 다르게 학생들은 집중하기 시작했다. 다들 어제 벌어졌던 무시무시한 소란을 기억하고 있었기 때문이다.

"괜히 함부로 나대거나 집안 자랑을 하고 싶은 놈들은 나를 찾아와라. 내가 직접 성심성의껏 상담에 응해주겠다."

차라리 죽도록 두들겨 팬다는 말이 덜 무서울 정도였다.

그렇게 말을 끝낸 체로키가 손뼉을 치자 곧 음식이 놓인 커다란 식탁들이 광장으로 들어왔다.

"오늘 하루 마음껏 즐기도록 해라. 하지만 함부로 근처를 벗어나지 말도록."

체로키와 기사들, 그리고 예의상 참석했던 수많은 교수들이 자리를 떴다.

'이렇게 입학식이 끝나다니, 조금 이상하군.'

레인은 약간 위화감을 느꼈지만 다른 신입생들은 아무것도 모르는 모양이었다.

그건 옆에 있는 홀스 역시 마찬가지였다.

레인은 조심스레 학생들을 살폈다.

신입생들은 이리저리 흩어져 음식을 먹기에 바빴고, 벌써 친한 친구들을 사귀었는지 곳곳에 무리가 생기기 시작했다.

그런데 상급생들은 조금 달랐다.

거의 다섯 개의 세력으로 갈라서더니 몇몇 사람을 중심으로 뭉치는 게 아닌가.

그들 중에 유독 눈에 띄는 사람이 바로 페르제였고, 그 옆에 하네스와 잔뜩 위축된 가르트가 있었다.

페르제는 오만한 표정으로 뭔가를 기다리는 듯 보였다.

마찬가지로 다른 상급생들도 눈치를 보고 있었다.

'역시 뭔가 있군.'

레인이 그렇게 생각할 때였다.

학생들 무리가 갈라지며 한 여자가 나타났다.

화려한 금발에 움직이기 좋은 짧은 드레스를 입고 있었고, 좌우로 두 명의 기사가 그녀를 호위하고 있었다.

'서, 설마 도로시?'

레인은 단번에 그녀를 알아봤다.

로일드 황제에게는 동생이 하나 있는데 로필리언 폰 테일론 공왕이 바로 그였다.

그 로필리언의 딸이 바로 도로시 폰 테일론 공주였다.

황위 계승 서열 6위에, 로일드 황제가 특히 예뻐한다는 소문이 있을 정도였다.

레인은 도로시를 알고 있었다. 어린 시절 아버지 칸젤을 따라 종종 황궁에 놀러 갔고, 황실의 아이들과 함께 어울려 놀기도 했던 것이다.

그때야 다들 어려서 신분 같은 걸 인식하지 못해 다투기도 했다.

물론 최후의 승자는 레인이었다.

그때마다 빽빽 울면서 고집을 피웠던, 차가운 인상의 공주가 바로 도로시였다.

'다른 건 몰라도 눈 밑의 점을 보면 확실하군.'

레인은 철없던 옛날을 생각하며 곤란한 표정을 지었다.

공주라는 점을 감안하고, 어릴 때의 성격 그대로 자랐다면 지금도 정상(?)은 아닐 터였다.

도로시가 적당한 자리에서 손짓을 하자 잔뜩 짐을 짊어진 학생들이 우르르 몰려나왔다.

불과 수십 초도 되지 않아 시설이 완성되었다.

수십 명이 들어갈 수 있는 커다란 차양막, 그 아래 화려한 소파가 놓이자 도로시가 편한 자세로 앉았다.

거의 동시에 그녀의 앞에 탁자가 놓이더니 김이 모락모락 나는 스테이크와 가볍게 먹을 수 있는 말린 과일, 그리고 신선한 샐러드가 준비되었다.

"하아, 여전하군."

레인은 한숨을 내쉬며 고개를 흔들었다.

무슨 일이 벌어질지 모르겠지만 저건 아무리 봐도 관람석이었다.

그때 도로시가 손가락을 튕겼다.

"정식 환영회를 시작하도록."

"예, 공주님."

제법 준수하게 생긴 청년이 앞으로 나섰다.

"신입생들은 모두 집중하길 바란다."

신입생들 사이에서 약간 웅성거리는 소리가 들렸다.

다들 자신을 보자 청년이 고개를 살짝 숙였다.

"나에 대해 알고 있는 사람도 있고 모르는 사람도 있으니 우선 내 소개를 하지. 내 이름은 루트 반 나틴이다. 나틴 백작 가문의 장남이자 현 학생회의 부회장을 맡고 있다."

웅성거림은 더욱 커졌다.

테일론 제국 백작 가문 중에 최고를 꼽으라면 세 손가락 안에 들어가는 곳이 바로 나틴 백작가였다.

대대로 뛰어난 머리를 가진 아이들이 태어나 행정의 요직을 차지했으며, 현재 행정부의 대표이자 재상이 바로 나틴 백작 가문의 가주였다.

한마디로 단정한 인상의 저 청년이 미래의 재상이 될 가능성이 컸다.

"너희들을 부른 건 우리 상급생들이 너희 신입생들의 입학을 축하하고 서로 간의 친목을 도모하기 위해서다. 그 첫 번째로 같이 즐길 수 있는 무대를 마련했다."

루트의 말이 끝나자 상급생 무리가 갈라졌다.

거의 백여 명에 가까운 청년들이 커다란 판을 들고 왔는데 뭔가 툭탁툭탁 하는 소리가 울렸다.

조립된 커다란 판 위에 두꺼운 가죽이 깔리자 루트가 다시 신호를 보냈다.

음악대가 무대 옆에 자리를 잡고 흥겨운 음악을 연주하기 시작했다. 그리고 그와 대비될 정도로 화려한 옷을 입은 사람들이 무대로 올랐다.

"서커스다!"

신입생 중 누군가가 외치자 청년들의 눈에 빛이 났다.

서커스단을 유지하는 건 굉장히 많은 자금이 든다. 또한 여러 가지 이유에 의해서 백작 이상의 귀족 가문만이 소유할 수 있도록 법으로 정해져 있었다.

영지의 곳곳을 이동하는 서커스단을 이용해 밀수를 하거나 범죄자를 감추는 등의 불법들이 벌어졌고, 그 외에 많은 폐단이 있었던 것이다.

그 때문에 귀족 가문의 청년들도 서커스를 구경하는 건 그리 쉬운 일이 아니었다.

"와아아아!"

곧 서커스 단원들은 무대에 올라 가진 재주를 마음껏 뽐내었고, 신입생들은 환호성을 터뜨렸다.

특히 여자들은 묘기를 부리는 멋진 남자들에게 빠져 헤어나지 못했다.

도로시는 기분이 좋은지 미소를 지으며 공연을 구경했다.

한 시간에 걸친 서커스가 끝나고 무대가 비워지자 다시 루트가 그 자리로 올라갔다.

"이상 황실 직속 서커스단의 특별 축하 공연이었다. 이는 모두 자애로우신 도로시 폰 테일론 공주님이 너희들을 위해 특별히 힘을 쓰신 결과다. 모두 경배하도록."

루트의 말이 끝나자 도로시가 기사의 손을 잡고 자리에서 일어났다.

상급생들이 먼저 박수를 치자 신입생들도 따라 했다.

분위기가 잡히자 도로시는 자리에서 일어나 좌중을 둘러보았다.

소란이 가라앉았고, 무수한 시선이 집중되었다.

"로열 아카데미에 입학하게 된 걸 무한한 영광으로 생각해라. 동시에 너희들이 누리고 있는 모든 것이 테일론 제국의 황제이신 로일드 폰 테일론 폐하에게서 나온 것임을 명심하도록 하라."

상급생들이 주먹을 번쩍 들었다.

"로일드 폰 테일론 폐하 만세! 도로시 폰 테일론 공주님 만세!"

하급생들은 자신도 모르게 그 외침을 따라 했다.

"로일드 폰 테일론 폐하 만세! 도로시 폰 테일론 공주님 만세!"

레인은 분위기에 따라 마지못해 주먹을 들었다.

'무슨 광신도도 아니고, 대체 이게 뭔 짓이냐.'

레인은 투덜대면서도 어쩔 수 없다는 표정을 지었다.

이 로열 아카데미를 설립한 목적 중에 하나가 바로 황가와 제국에 대한 충성심을 키우기 위해서다.

제국의 역사와 황가의 업적이 필수 교양과목인 것도 그런 이유에서였다.

도로시는 자신을 향한 환호성에 만족해하며 말했다.

"모두 오늘 하루를 즐기길 바란다. 그럼 행사를 계속 진행하라."

도로시의 명령에 루트가 신호를 보냈다.

음악대가 연주를 하기 시작했다.

레인은 지루한 표정으로 한편에 마련된 커다란 나무에 등을 기대고 섰다.

서커스에 무용단, 연극 공연까지 이어지고 이제 화려한 마법 쇼가 펼쳐지고 있었다.

"하나도 신기할 게 없군."

레인은 한숨을 내쉬며 고개를 저었다.

그때 옆으로 다가온 홀스가 말했다.

"왜, 재미없나?"

"아아, 딱히 내 취향이 아니라서."

레인의 비꼬는 말투에 홀스는 피식 웃음을 터뜨렸다.

"란트가 조금 전에 그러더군. 곧 재미있는 일이 벌어질 거라고 말이야."

"재미있는 일이라……. 저 철부지 공주님이 계획한 거라면 악취미겠지."

순간 홀스의 눈이 빛났다.

"아는 사이야?"

"뭐, 그리 대단한 사이는 아니고, 그냥 들어서 아는 정도? 근데 그 재밌는 일이 뭐래?"

홀스가 대답 대신 미소를 짓자 레인은 호기심을 느꼈다.

그때 마침 요란한 불꽃을 피워내던 마법 쇼가 끝이 났다. 그리고 무대에 오른 루트가 외쳤다.

"오늘 신입생 환영회의 하이라이트, 무술대회를 열겠다. 신입생들은 가진바 실력을 마음껏 뽐내도록 해라."

말이 끝나자 환호성이 울렸고, 상급생들은 미리 준비하고 있었는지 분주히 움직였다.

레인이 홀스를 쳐다봤다.

"재미있는 일이 바로 저거야?"

"그래. 여기서 공주의 눈에 들면 바로 옆에서 모실 수 있는 기회를 얻을 수 있다더군. 운이 좋아 호위기사로 뽑히게 되면 아카데미 내에서 특혜를 받을 수 있어."

레인은 고개를 끄덕였다.

여기서 실력을 보여 공주의 인정을 받는 건 출세의 지름길이나 다름없었다.

특히 가문의 부흥을 꿈꾸는 홀스에게는 놓칠 수 없는 기회라고 할 수 있었다.

"자신있나?"

"크흠. 내 실력을 보여주지."

홀스가 자신만만한 표정으로 무대를 향해 걸어갔지만 레인은 약간 불안한 얼굴이었다.

'혹시 모르니까.'

레인은 무대 가까이로 향했다.

루트의 설명대로 경기 방식은 간단했다.

승패는 상관이 없으니 아무나 올라와서 오래 싸워 이기면 된다는 것이다.

"용감한 자가 미녀를 얻을 수 있다고 했다. 너희들에게도 기회를 주마. 5연승 이상을 하거나 뛰어난 실력을 보인다면 친히 공주님과 대화할 수 있는 자격을 얻게 될 것이다."

루트의 말이 끝나자 몇 명의 상급생이 무대로 튀어 올라갔다. 하지만 커다란 덩치가 뒤늦게 나타나자 다른 상급생들은 인상을 찌푸렸다.

"제길, 처음부터 팔모슨이라니, 승산이 없잖아."

"맞아. 우린 내려가자고."

상급생들은 불만을 터뜨리며 물러났고, 신입생들은 눈치를 보고 있었다.

"팔모슨은 기사학부의 상급생 중에서 백 명 안에 들어가는 실력자지."

갑작스러운 설명에 레인이 뒤를 돌아봤다.

란트와 콘티엘이 서 있었다.

"팔모슨이라……. 내가 보기에는 썩 대단해 보이지 않는 걸?"

"그야 누가 보느냐에 따라 다르지."

란트의 말에 레인은 약간 찝찝함을 느꼈다.

안 그래도 어디서 본 것 같은 얼굴이었고, 지금의 말투만 보면 자신을 잘 아는 것 같은 기분이 들었다.

레인이 약간 혼란스러워하는 사이 도전자가 나타났다.

바로 홀스였다.

두 명의 덩치가 무대에 오르자 꽉 찬 느낌이 들었다.

"쯧쯧, 저 신입생, 이제 죽어나겠군."

어디선가 홀스를 걱정하는 목소리가 울렸다.

홀스가 자신을 소개하고 루트와 대화하는 사이, 팔모슨은 오직 무대를 구경하고 있는 도로시를 쳐다보고만 있었다.

사실 팔모슨이 도로시 공주에게 반했다는 건 공공연한 비밀이었다.

문제는 팔모슨의 외모였다. 좋게 보면 남자답다고 할 수 있었지만 솔직히 표현하면 영 아니었다.

그런 팔모슨이 멋지게 보이기 위해 도로시에게 미소를 지었다.

하지만 커진 건 오로지 야유였다.

도로시가 빙긋 웃으며 신호를 하자 루트가 경기 시작을 선언했다.

잠시 서로를 쳐다본 홀스와 팔모슨은 누가 먼저라고 할 것 없이 달려들었다. 그리고 처음부터 힘겨루기에 들어갔다.

둘은 서로 손을 맞잡더니 힘으로 밀어붙이기 시작했다.

아무래도 힘에서는 팔모슨이 우세해 보였다.

약간 밀리던 홀스가 순간적으로 몸을 뒤틀자 팔모슨이 균형을 잃었다.

홀스는 그 틈을 놓치지 않고 다리를 걸었다.

하지만 팔모슨 역시 노련했다. 순간적으로 맞잡은 손을 놓더니 훌쩍 물러난 것이다.

다시 서로 대치하는 상황. 하지만 결과는 의외로 싱거웠다.

무리하게 손을 빼려다 어딘가 삐끗했는지 팔모슨이 인상을 찌푸렸다.

홀스는 기회다 싶어 망설임없이 몸을 날렸다.

터엉!

육중한 체격을 바탕으로 한 몸통박치기.

미처 피하지 못할 것 같다고 생각한 팔모슨은 오히려 맞받아치기로 했다. 하지만 제대로 힘을 싣지 못해 어이없게도 무대 바깥으로 튕겨 나가고 말았다.

"승자, 홀스타인!"

루트의 선언이 끝나자 팔모슨이 무대로 올라가며 버럭 고함을 질렀다.

"이건 실수야."

"아니야. 승부는 났어."

팔모슨이 인상을 쓰며 고개를 돌렸다.

승패를 결정한 건 도로시 공주였다.

팔모슨은 차마 불복할 수 없어 고개를 숙이고 말았다.

신입생이 팔모슨을 꺾자 학생들은 열광하기 시작했고, 곧 다른 도전자가 나타났다.

홀스는 타고난 체격과 노련한 경험, 그리고 실력으로 순식간에 세 명을 더 이겨 버렸다.

"이야! 대단한걸!"

란트의 말에 레인은 고개를 끄덕였다.

홀스는 거친 숨을 내뱉고 있었다.

팔모슨을 쓰러뜨린 게 우연처럼 보였기에 도전자들은 연이어 나타났다. 그 때문에 체력을 회복할 틈도 없이 싸워야 했던 것이다.

홀스의 우람한 근육이 땀에 번들거리자 몇몇 여자들은 눈길을 거두지 못했다.

루트 앞으로 새로운 도전자들이 나타났다. 하지만 무대에 오른 건 그들이 아니었다.

상급생들이 물결처럼 갈라지고 우람한 체구의 기사가 나타났다.

"이런, 클레이븐이 나오다니. 너무 이른데? 아니, 클레이븐은 이런 자리에 어울리지 않아."

란트의 목소리에 레인이 고개를 돌렸다.

"클레이븐?"

"그래. 기사학부, 아니, 로열 아카데미 학생 전체에서 가장 강한 사람을 고른다면… 적어도 다섯 손가락 안에 들어가는 사람이 바로 클레이븐 반 플루토 군이지."

레인은 살짝 인상을 찌푸렸다.

CHAPTER 05
레인의 은밀한 제안

홀스가 열심히 싸우고 있을 무렵, 레인은 어디선가 자신을 보는 시선을 느꼈다.

 그건 결코 호의가 아니었다.

 그렇다고 적의나 살기가 아니었기에 무시하려 했지만, 그 시선은 집요했다.

 레인은 곧 무대 건너편에서 느껴지는 시선의 주인공을 찾을 수 있었다.

 '저 점박이 이름이 가르트라고 했나?'

 붉은 머리카락의 페르제 옆에서 마치 태어날 때부터 그랬던 것처럼 굽실거리고 있는 가르트가 보였다.
 가르트는 불만이 있는 눈빛으로 페르제에게 귓속말을 하고 있었다.
 페르제는 어딘가 내키지 않는다는 표정이었다.
 하지만 곧 고개를 끄덕였고, 지시를 받은 하네스가 어디론가 움직였다.
 하네스가 다시 나타난 건 클레이븐의 뒤에서였다.

 무대에 오른 클레이븐은 천천히 갑옷을 벗었다.
 쿵, 쿵, 쿵.
 바닥에 떨어진 갑주가 묵직한 소리를 냈다.
 투박하지만 철저하게 단련된 클레이븐의 바위 같은 근육이 드러났다.
 "겁먹은 건 아니겠지?"
 클레이븐의 목소리는 굵고 거칠었으나 어딘가 남자답다는 느낌이 들었다.
 홀스는 자신이 클레이븐의 상대가 되지 않음을 느꼈다. 하지만 이기고 싶다는 호승심이 피어나자 두려움이 사라지고 말았다.
 "다행히 겁먹은 눈빛은 아니군. 그래야 움직인 보람이 있지."

어딘가 우울함이 느껴지는 말투였다.

홀스가 자세를 잡았음에도 클레이븐은 천천히 걸어갔다.

"실력을 보도록 하지."

클레이븐이 손가락을 까딱거렸다.

'강하다.'

홀스는 이를 악물고 자신의 신체를 격려했다. 그리고 망설임없이 달려들었다.

홀스가 아래로 덮쳐 오자 클레이븐의 눈빛이 번뜩였다.

"태클인가?"

클레이븐은 슬쩍 옆으로 움직여 정면에서 피하더니 손바닥으로 홀스의 목을 누르려 했다.

홀스 역시 짐작하고 있었다는 듯 무대를 박차며 바닥을 스치듯 몸을 틀었다. 그리고 두 손으로 클레이븐의 왼쪽 다리를 붙잡고 체중을 실어 짓눌렀다.

살짝 휘청거리긴 했지만 클레이븐은 마치 거목처럼 꿈쩍도 하지 않았다.

홀스의 체격을 생각하면 상당한 힘이라고 할 수 있었다.

"시도는 좋았다."

홀스는 다급히 뒤로 물러났다.

그제야 클레이븐이 벗은 갑옷이 눈에 들어왔다.

저 정도의 무게를 입고 있을 정도라면 보통의 체력으로는 불가능했다.

레인은 고개를 저었다.

'상당한 실력자군. 아무래도 홀스에겐 무리야. 거기다……'

저쪽에서 경기를 보고 있던 가르트가 비열하게 웃는 걸 보니 뭔가 지시를 내린 게 분명했다.

홀스는 거리를 벌려 호흡을 안정시킨 뒤 다시 움직였다.

가볍게 땅을 박찬 홀스는 정면으로 주먹을 날렸다.

클레이븐은 손바닥으로 홀스의 팔을 바깥으로 쳐냈다. 그리고 품 안으로 파고들며 어깨로 밀쳤다.

퍽!

가슴을 얻어맞은 홀스가 바닥을 굴렀다. 하지만 이대로 쓰러지지 않겠다는 듯 힘겹게 몸을 일으켰다.

상대의 반응을 보기 위해 한 단순한 공격이었다.

그 대가는 상당했다.

가슴에 커다란 말뚝이 박힌 것처럼 숨 쉴 때마다 고통이 함께했고 다리에 힘이 풀리고 있었다.

이대로는 도저히 이길 수 없을 것 같았다.

그때 클레이븐이 조용히 말했다.

"그게 실력의 한계라면 더 이상은 무의미하다. 포기하고 내려간다면 더는 공격하지 않겠다."

이미 승부가 결정 났다는 태도였다.

홀스는 포기하고 싶지 않았다.

여기서 공주의 눈에 든다면 가문의 부흥이 빨라질 게 분명했다. 또 실력이 안 되어 지더라도 단 한 번의 공격에 포기하는 모습을 보이고 싶지 않았다.

"아직 할 수 있습니다."

홀스가 자신을 노려보자 클레이븐이 고개를 끄덕였다.

"눈빛이 살아 있군. 좋다, 와라."

"감사합니다."

홀스는 억지로 숨을 참고 한 걸음 내디뎠다.

그때 클레이븐의 몸에서 무시무시한 투기가 뿜어져 나왔다.

홀스는 위압감에 몸이 마비되는 것 같은 기분을 느꼈지만 곧 이를 악물었다.

이번에 먼저 움직인 건 클레이븐이었다.

"나도 부탁받은 입장이라……."

홀스의 눈앞에서 클레이븐이 사라졌다.

"그냥 포기했다면 손을 쓰지 않을 생각이었다."

뒤에서 목소리가 들리자 홀스는 본능적으로 몸을 숙였다.

부우웅.

묵직한 뭔가가 머리 위를 스치는 소리가 났다.

홀스는 다급히 몸을 돌리며 주먹을 크게 휘둘렀지만 손에 걸리는 건 없었다.

"생각보다 반응이 좋군."

이번에는 오른쪽에서 목소리가 들렸다.

퍽!

고개가 휘청거리는 순간 눈앞이 깜깜해졌고 머리가 어지러웠다.

"보는 눈이 있으니 길게 끌지는 않으마."

이번 목소리는 어디에서 들리는지도 모를 정도로 사방에서 울렸다.

홀스는 본능적으로 주먹을 휘둘렀다.

걸리는 건 없었고 되돌아온 건 클레이븐의 공격이었다.

퍽퍽 하는 소리가 무대를 크게 울렸다.

공격은 점점 무거워졌고, 홀스의 몸에는 충격이 더해졌다.

홀스는 그렇게 두들겨 맞으면서도 쓰러지지 않고 버티며 마구잡이로 주먹과 발을 휘둘렀다.

그러다 한 번씩 손과 발에 반응이 올 때면 오히려 고통이 사라지는 것 같았다.

무대 밖, 평범한 학생들의 눈에는 두 사람이 치열하게 싸우는 것처럼 보였다.

홀스의 공격은 너무 막무가내라 예측하기 힘들었다. 그래서 클레이븐도 모두 피하지 못해 간간이 맞았지만 충격은 거의 없었다.

반대로 홀스는 수십 차례 공격을 받으면서도 버텼고, 반격까지 하고 있었다.

클레이븐의 실력은 로열 아카데미 내에서도 손꼽힐 정도였으니 오히려 홀스가 돋보이게 된 것이다.

하지만 실력이 뛰어난 학생들은 승부의 결과를 짐작할 수 있었다.

'문제는 얼마나 버티냐 하는 것인데, 그것도 이제 한계로군.'

레인의 판단은 정확했다.

클레이븐의 주먹이 옆구리를 때렸고, 팔꿈치가 등을 찍었다.

홀스가 더 버티지 못하고 바닥에 쓰러졌다.

"아아아!"

안타까워하는 함성이 울리자 클레이븐은 인상을 찌푸렸다.

자신이 여유 부리는 사이 신입생들 상당수가 홀스에게 빠져 버린 모양이었다.

클레이븐은 화끈함이 느껴지는 주먹과 쓰러진 홀스를 본 뒤 피식 웃었다.

"내 주먹에 그만큼 버티다니, 정말 무식한 체력이군."

승부가 결정 나자 클레이븐은 무대를 내려오려고 했다.

지금 홀스의 몸 상태를 보면 적어도 사나흘은 꼼짝없이 누워 있어야 했다. 그러고도 한동안은 무리한 움직임은 피해야 할 것이다.

'이 정도면 충분하겠지.'

가문의 입장을 생각하면 페르제의 명령은 거부할 수 없었다.

하지만 내키지 않는 일임이 분명했다.

클레이븐이 이걸로 충분하지 않느냐는 의미로 페르제를 쳐다봤다.

페르제는 잠시 고민하더니 곧 클레이븐을 향해 엄지손가락을 아래로 내렸다.

처음에 말한 대로 어디 한 군데를 박살 내라는 의미였다.

클레이븐은 인상을 쓰며 잠시 망설였다.

"우아아아아!"

갑자기 학생들이 함성을 지르기 시작했다. 홀스가 몸을 꿈틀거리며 일어나고 있었던 것이다.

클레이븐은 홀스만 들을 수 있게 한마디를 내뱉었다.

"미안하다."

클레이븐은 일어나는 홀스의 손목을 잡고 다른 손으로 어깨를 짓눌렀다.
 이대로 당긴다면 어깨뼈가 박살 날 것이 분명했다.
 적어도 반년은 물건조차 잡을 수 없으리라.
 클레이븐은 눈을 감고 손에 힘을 주기 시작했다.
 그 순간이었다.
 갑자기 검은 그림자가 덮쳐 왔다.

 "어? 뭐야?"
 학생들은 황당한 표정으로 무대를 쳐다봤다.
 언제 올라갔는지 무대에는 세 사람이 있었다.
 정신력으로 몸을 일으키려던 홀스는 그대로 의식을 잃고 기절했다.
 가장 황당해한 건 클레이븐이었다.
 힘을 주려던 찰나 뭔가가 다가왔고, 본능적으로 반격했다.
 정체를 확인하기도 전에 몸이 슬쩍 밀리는가 싶더니 손이 허전했다.
 홀스가 상대의 품 안에 있는 것이다.
 "너……."
 클레이븐은 뭐라 말하려다 입을 다물었다.
 잠시 상황이 이해가 되지 않았다.
 '내가… 밀린 건가?'

바닥에 쓰러진 홀스가 움직일 리 없었으니 자신이 밀어진 게 분명했다. 하지만 그 정도의 충격도 없었고 느끼지도 못했다.

"이제 그만하죠? 이 정도면 충분한 것 같은데."

자신에게 말하는 상대를 클레이븐은 천천히 쳐다봤다.

키는 조금 큰 편이었지만 자신의 어깨 정도에 불과했고, 몸매는 미끈했다.

옷 때문인지 탄탄한 근육을 확인할 수 없었지만 적지 않은 수련을 거친 게 분명했다.

클레이븐은 본능적으로 레인이 평범하지 않음을 깨달았고, 동시에 호승심을 느꼈다.

"너, 이름이 뭐지?"

"아! 제 소개를 깜빡했군요. 레인이라고 부르시면 됩니다."

"레인이라……. 새로운 도전자라 봐도 되겠군."

클레이븐의 목소리가 울리자 레인은 약간 당황해했다.

상황이 급해서 뛰어들긴 했지만 무대에 오를 생각은 없었고, 싸울 생각은 더더욱 없었다.

"그럴 리가……."

"레인을 새로운 도전자로 인정한다."

레인의 대답보다 루트의 선언이 빨랐다.

루트가 서둘러 결정을 내린 건 이유가 있었다.

도로시 공주는 다음 학생회장이 되고 싶었고, 이번 행사를 크게 벌임으로 학생들의 인기를 얻으려 했다.

루트는 공주를 모시고 있는 입장이라 이번 일을 반드시 성공적으로 마무리해야 하는 것이다.

처음부터 팔모슨이 나온 게 거슬렸지만 다행히 홀스타인이라는 신입생이 이겼다.

학생들의 반응이 뜨거워졌고, 연이어 도전자가 나타났다.

응원이 열광적으로 변하며 한참 흥이 오르고 있었다.

거기에 찬물을 끼얹은 건 클레이븐이었다.

이번 행사를 하기 전, 아카데미의 실력자들에게 나서지 말아달라고 했고, 그들은 약속에 응했다.

그건 클레이븐도 마찬가지였다.

어쨌든 클레이븐이 나왔으니 더 이상의 도전자는 없다고 봐도 좋았다. 로열 아카데미 내에서 그를 이길 수 있는 자들 중 학생은 없었으니까.

하지만 그것 말고도 이유가 있었다.

'레인 반 로헬. 로헬 백작 가문의 사람이라면 적어도 뭔가는 보여주겠지.'

놀랍게도 루트는 레인의 신분을 알고 있었다.

나틴 백작 가문이 하는 일을 생각하면 어쩌면 그게 당연한 건지도 몰랐다.

"어이, 선배님, 이건 아닌 것 같은데요."

레인이 자신을 보며 투정하듯 항의했지만 루트는 깨끗하게 무시했다.

"부디 살아서 내려가길 빈다, 후배님."

묘한 억양으로 말한 루트가 물러났다.

그 자리를 차지한 건 차가운 표정의 클레이븐이었다.

"하, 하하! 전 싸울 생각이 없습니다. 그냥······."

"이미 늦었어."

클레이븐이 무대를 박차는 순간 레인의 앞에 와 있었다.

반응을 보기 위해 왼쪽 주먹을 가볍게 내지르자 레인은 훌쩍 뒤로 물러났다.

클레이븐은 재빨리 따라가며 두 주먹을 번갈아 뻗었다.

레인은 애초부터 상대할 생각이 없는 듯 계속 물러났고, 클레이븐은 점점 화가 났다.

무대를 두 바퀴나 돌고서도 레인의 옷자락조차 스치지 못하자 클레이븐은 그 자리에서 멈춰 섰다.

무대 밖의 학생들은 진지한 표정을 버리고 상황을 즐기며 웃고 있었다. 잽싸게 도망가는 레인과 흥분하며 쫓아가는 클레이븐의 모습이 마치 생쥐와 고양이 같아서였다.

"나하고 장난치자는 거냐?"

"그게… 싸울 이유가 없는 건 같아서요."

레인은 진심으로 말했다.

솔직히 홀스가 먼지 나도록 두들겨 맞을 때도 나설 생각은 없었다.

어차피 싸움이 시작된 이상 부상은 당연했다.

만약 클레이븐이 홀스의 팔을 잡지 않았다면, 아니, 정확히 말해 손가락을 내린 페르제의 신호에서 뭔가를 느끼지 못했다면 무대에 뛰어들지 않았을 것이다.

하지만 클레이븐은 조롱당하는 기분을 느꼈다.

"나를 상대로 이유가 없다는 핑계를 대다니, 정말 간이 배 밖으로 나왔구나."

"아니, 저, 그게……."

클레이븐의 몸에서 투기를 넘어선 살기가 뿜어져 나왔.

그 날카로운 기운은 반드시 상대의 목을 꺾어버리겠다는 의지에 가까웠다.

우우우우웅.

클레이븐의 주위로 대기가 뒤틀리고 있었다.

"자, 잠깐만요."

레인이 다급히 손을 뻗자 클레이븐의 몸에서 나오던 기운이 주춤거렸다.

"싸울 때 싸우더라도 이 덩어리 좀 치우고 하면 안 되겠습니까?"

 클레이븐은 고개를 끄덕이는 것으로 대답을 대신했다.

 곧 란트와 콘티엘이 무대로 올라와 기절한 홀스를 업고 내려갔다.

 "이제 방해자도 없으니 제대로 시작해 보자."

 "그전에… 궁금한 게 있는데요?"

 "뭐냐?"

 잠시 머뭇거리던 레인이 물었다.

 "정말 학생 맞으세요? 아무리 봐도 교수님들 정도……."

 레인은 클레이븐의 실력이 대단하다는 의미로 말했지만, 그건 오히려 오해를 불러일으켰다.

 "내 얼굴이 조금 나이 들어 보이는 건 알고 있다. 나 역시 인정하는 부분이고. 하.지.만. 내 앞에서 그 말을 한 사람은 네가 처음이다."

 클레이븐의 이마에서 혈관이 꿈틀거렸고, 또다시 살기가 요동쳤다.

 "하, 하하, 그게 아닌데……."

 레인은 단번에 바뀐 분위기를 느끼고 순식간에 몸을 뒤로 날렸다.

 부우웅.

 간발의 차이로 클레이븐의 손가락이 공간을 찢어버렸다.

또다시 쫓고 쫓기는 추격전이 벌어졌다.
"와아아아아!"
학생들은 자세한 사정도 모른 채 환성을 내질렀다.

도로시 공주는 고개를 갸웃거렸다.
"레인이라……. 어디서 들어본 이름 같은데?"
이름도 낯설지 않고 얼굴도 어디선가 본 것 같았지만 전혀 기억이 나지 않았다.
도로시는 오래 생각하는 걸 포기했다.
자신의 생일 같은 경우 연회만 무려 사흘이나 했다.
그 기간 동안 인사를 하는 귀족들과 그 자제의 숫자는 수천 명이 훌쩍 넘어갔고, 그런 상황에서 이름과 얼굴을 기억한다는 건 거의 불가능했다.
그건 레인에게는 정말 다행이었다.
'그건 그렇고, 제법 반반하게 생겼잖아?'
주위에 있는 호위기사들 대부분은 우락부락한 근육을 자랑하는 덩치들이었다.
거기다 외모 순서가 아닌, 실력 순서로 뽑기에 얼굴에 흉터만 없어도 잘생겼다는 말을 들을 수 있을 정도였다.
'실력만 괜찮으면 내 옆에 둬야겠어.'
도로시가 그렇게 생각하는 바로 그때였다.

펑!

뭔가가 터지는 소리와 함께 레인의 몸이 힘없이 날아갔다.

공중에서 옆으로 서너 번을 더 회전했고, 무대 바닥에 떨어지자마자 마구 굴러 버렸다.

레인은 충격이 큰지 쓰러진 채 거칠게 숨을 내뱉더니 곧 옆으로 고개를 떨어뜨렸다.

"아아아!"

구경하던 학생들은 탄식을 터뜨렸다. 그리고 아카데미의 강자로 소문난 클레이븐이 아무것도 모르는 신입생을 학살(?)했다고 생각하며 원망의 눈길을 보냈다.

클레이븐은 오히려 황당한 표정을 지었다. 그리고 자신의 주먹과 레인을 몇 번이고 번갈아가며 쳐다봤다.

흥분해서 마구 휘두르긴 했지만 무대 끝에서 끝까지 날아가 뒹굴 정도는 아니었다.

그럼 결론은 하나였다.

"지금 장난치자는 거냐?"

클레이븐의 외침에 레인은 슬며시 눈을 떴다.

아쉽게도 둘은 눈이 마주치고 말았다.

"잘… 안 속네요?"

레인은 크게 한 대 맞고 기절한 척하려고 했지만 클레이븐은 거기에 속을 정도로 멍청하지 않았다.

"저기, 너무 아파서 도저히 못하겠는데, 기권하겠습니다."
"받아들일 생각 없다."

클레이븐이 무대를 몇 번 박차더니 그 커다란 몸을 날렸다.

저 덩치에 깔리면 그대로 죽을 것이다.

순식간에 일어난 레인이 옆으로 몸을 날렸고, 클레이븐이 떨어졌다.

콰지직!

무대가 박살 나며 클레이븐의 몸이 아래로 파묻혀 버렸다.

밑에서 구경하던 학생들의 눈에는 클레이븐의 머리만 보였고, 그게 커다란 웃음을 불렀다.

졸지에 웃음거리가 된 클레이븐은 화가 머리끝까지 치밀었다.

"와아아악!"

괴상한 고함과 함께 클레이븐이 달려들었다.

레인은 그 공격을 요리조리 피하며 생각했다.

아무래도 혼자 하는 연극은 힘든 법, 결국 클레이븐에게 도움을 청하기로 생각했다.

[왜 꼭 싸우려고 합니까?]

갑자기 들려온 전음에 클레이븐이 주춤거렸다.

'메시지 마법?'

순간 클레이븐은 공격을 멈추고 조용히 물었다.

"너, 마법사였나?"

말을 해놓고 생각해 보니 그게 맞는 것 같았다.

아까 홀스에게 마무리할 때 자신이 미처 느끼지 못한 사이에 밀어낸 것, 그리고 자신의 주먹에 느껴졌던 반발력은 마법이라면 설명이 가능했다.

레인은 굳이 오해를 해명할 생각이 없었다.

[잠시 연극 좀 해주십시오, 아까처럼.]

클레이븐은 살짝 고개를 끄덕이더니, 진심으로 레인을 때려잡기 위해 주먹을 날렸다.

하지만 얄밉게도 레인은 맞지 않았다.

[솔직히 저는 클레이븐 선배님을 이길 자신이 없습니다.]

"거짓말."

클레이븐은 왠지 레인이 웃고 있는 것 같은 착각을 느꼈다.

[원하는 게 저와 승부를 내는 거라면 꼭 이 자리일 필요는 없지 않습니까?]

"그렇지."

클레이븐의 목소리는 작았고, 겨우 둘만 들을 수 있을 정도였다. 하지만 레인은 보다 확실하게 하기 위해 무대에서 나는 소리 대부분을 차단해 버렸다.

[원하시는 대로 해드리겠습니다. 대신 제 부탁 하나만 들어주십시오.]

솔직히 많은 사람의 시선이 집중된 이런 무대는 자신에게 맞지 않았다. 또 자신의 공격을 이토록 쉽게 피하는 레인과 제대로 싸워보고 싶다는 생각이 들었다.

아카데미 내에서는 더 이상 상대가 없었고, 한동안 실력이 늘지 않아 고민하고 있었으니 말이다.

클레이븐은 곧 고개를 끄덕였다.

"좋아, 그럼 내가 어떻게 하면 되지?"

[이렇게 하면 어떻겠습니까? 일단…….]

레인의 전음을 이해한 클레이븐이 뒤로 물러났다.

"이 쥐새끼 같은 놈! 더 이상 참을 수 없다!"

클레이븐의 외침에 학생들의 시선이 집중되었다.

크게 숨을 들이마신 클레이븐이 자세를 낮추고 앞으로 돌진했다.

"어어?"

레인의 몸이 크게 휘청거렸다. 아까 클레이븐이 박살 내버린 바로 그 자리에 다리가 빠진 것이다.

그때 클레이븐의 몸통박치기가 작렬했다.

퍼엉!

하늘 높이 솟은 레인이 포물선을 그리며 떨어졌다.

그 착지점은 하필 도로시 공주 앞의 탁자였다.

콰지직!

레인의 은밀한 제안 131

레인이 음식물과 함께 뒹굴었다. 그리고 기절한 듯 움직이지 않았다.

천천히 걸어와 그 모습을 본 클레이븐은 고개를 저었다.

"흥이 식었어."

짧은 한마디를 던진 클레이븐이 무대를 내려가 버렸다.

패자는 기절했고, 승자는 떠난 상황이다.

루트는 이걸 어떻게 처리해야 할지 판단하지 못해 난감한 표정을 지었다.

CHAPTER 06
황자의 제안

루트가 식어버린 분위기를 띄우고자 새로운 도전자를 찾는다고 외쳤다. 거기다 일정액의 상금까지 건다고 하자 학생들의 눈동자가 돌아갔다.

 다시금 무대 위로 학생들이 올라가는 사이, 한쪽에서 또 하나의 사건이 벌어지고 있었다.

 레인은 음식물과 함께 뒹군 채 기절한 척했다.

 기사들이 명령하자 몇몇 학생들이 달려와 우선 레인의 상태를 살폈다.

 "이 후배, 반쯤 정신이 나갔겠는걸?"

"그야 당연하지. 저기서 여기까지 날아왔는데. 거기다 클레이븐의 공격을 정통으로 맞았다고."

"우선 의무실로 보내자. 거기라면 웬만큼 치료가 가능하니까."

그들이 그렇게 이야기를 나누는 사이 도로시는 레인의 얼굴을 빤히 쳐다봤다.

도로시는 바로 앞에 사람이 떨어져 엉망이 됐음에도 놀라지 않았다. 하지만 갑자기 가슴 한구석에서 뭔가가 울컥 올라오는 걸 느꼈다.

도로시는 벌떡 일어나 주먹을 휘둘렀다.

따악!

도로시의 주먹은 정확히 레인의 정수리를 후려갈겼다.

"악!"

레인은 끝까지 기절한 척 참으려 했지만 너무 제대로 맞은 터라 눈물이 찔끔 날 정도로 아팠다. 더는 참지 못하고 몸을 일으켰던 것이다.

레인이 머리를 마구 문지르자 순간 도로시의 얼굴이 붉게 물들었다.

'내가 왜 그랬지?'

아까까지는 잘생겼다고 생각했는데 이상하게 얼굴을 보니 화가 치밀었다.

문제는 그 이유를 알지 못한다는 거였다.
도로시는 당황해하면서 그런 자신의 감정을 감추기 위해 서둘러 말했다.
"너, 너."
레인은 상대를 확인하고 서둘러 무릎을 꿇었다.
"미천한 자가 도로시 폰 테일론 공주님을 뵈옵니다."
그 목소리마저 이상하게 얄밉게 느껴졌다.
"너, 레인이라고 했나?"
순간 레인은 도로시가 자신을 모르고 있다는 사실을 떠올리며 안심했다.
도로시는 아직 어려서 정치나 귀족들의 대립 구도, 그리고 황가의 숨은 세력에 대해서 아는 게 많지 않았다.
"예, 그렇습니다."
레인이 고개를 숙이자 도로시는 자신도 모르게 섬뜩한 미소를 지었다.
처음에는 호기심이었고, 그다음은 화가 났다. 하지만 지금의 모습을 보자 기분이 좋아졌다.
그 여러 가지 감정이 뒤섞인 상태로 도로시가 말했다.
"너, 앞으로 내 옆에 있도록 해라."
주위에 있던 호위기사들, 그리고 자칭 도로시 공주 친위대라 주장하던 학생들은 깜짝 놀라고 말았다.

지금껏 공주의 눈에 들기 위해 얼마나 많은 노력을 기울였던가?

실력이 뛰어난 자를 호위로 쓰겠다는 한마디로 인해 한동안 기사학부에 피바람이 몰아쳤다.

마법사가 매력있어 보인다는 소문이 흐르자 마법학부 학생들의 성적이 급상승했다. 그것도 역대 최고 성적의 기록을 갈아치울 정도로 말이다.

그 외에도 이루 말할 수 없는 많은 사건의 원흉이 바로 도로시 공주였다.

결국 학장이 직접 나서서 도로시 공주에게 부탁을 했다.

제발 자중해 주십시오, 라고 말이다.

그때 도로시 공주가 당당하게 말했다.

"용기있는 자만이 미인을 얻는다고 했지. 하지만 난 미모뿐만 아니라 많은 걸 가지고 있어. 그러니 실력과 노력이 없는 녀석들은 고작 용기만으로 내 마음을 얻을 수 있을 거라 생각하지 마."

도로시 공주에게 마음을 가지고 있던 많은 학생들은 그 말을 오해해 버렸다.

실력이 있고, 노력이 있으며, 용기가 있다면 공주를 얻을 수 있다는 말로 들은 것이다.

그날 이후 도로시 공주의 인기는 폭발적으로 변했다.

그런 상황이니 '새로운 라이벌(?)'이 나타난 걸 좋아하는 이는 아무도 없었다.

"이제 막 들어온 신입생입니다."

호위기사 숀이 다른 학생들의 마음을 대변하듯 말했다.

"그래서?"

도로시가 눈을 치켜뜨며 쳐다보자 숀은 말을 더듬었다.

"그, 그게, 아직 인정할 수가……."

도로시가 빙긋 미소를 짓자 상당수 학생들은 정신이 나가 버렸다.

"아까 클레이븐에게서 버틴 것만 봐도 나쁘지 않은 실력이지. 어차피 아카데미에 온 이상은 성장할 테니까. 그리고 왠지 마음에 들어."

도로시가 말한 건 레인이 무릎 꿇고 고개를 숙인 지금의 상황이었으나 다들 오해해 버리고 말았다.

호위기사 숀과 친위대는 레인을 향해 살기를 퍼부었다.

레인은 돌아가는 상황을 전혀 몰랐다.

"그게 무슨 말씀이신지 저는 하나도 모르겠습니다."

도로시가 휙하고 고개를 돌렸다.

"내 옆에서 내 호위를 하면서 지내란 말이다."

"예? 제가요?"

"그래. 아직 실력은 부족해 보이지만 열심히 수련하면 인정받을 수 있을 거야."

눈을 동그랗게 뜨고 듣던 레인은 수련이라는 말에 다급히 고개를 저었다.

"전 행정학부입니다. 다른 건 관심없습니다."

솔직히 말하면 도로시와 엮이기 싫다는 의미도 포함되어 있었다.

도로시는 발끈하며 소리쳤다.

"이건 명령이야!"

도로시의 명령은 적어도 아카데미 내에서는 학칙 이상의 권한을 가졌다.

레인은 어떻게 해야 할지 몰라 당황해하고 있었다.

그때 구세주가 나타났다.

"도로시, 이제 그쯤 해두렴. 저 후배는 아무것도 모르는, 이제 막 들어온 신입생이잖아."

순간 호위기사들과 친위대의 표정이 밝아졌다.

절대적인 권력을 누리는 도로시 폰 테일론 공주였다.

아카데미에서 그녀에게 편하게 말을 할 수 있는 사람은 오직 한 명뿐.

"트라시온 폰 테일론 황자님."

호위기사들이 고개를 숙이며 일제히 예를 표했다.

레인도 본능적으로 그쪽을 쳐다보다가 깜짝 놀라고 말았다.

"란트?"

분명 어제부터 함께 지낸 룸메이트 란트였다.

"무엄하다. 어디서 감히 황자님을 함부로 부르는가?"

호위기사가 호통을 쳤다.

"됐어. 내가 알아서 하지."

란트는 빙긋 웃더니 얼굴 일부를 덮고 있던 얇은 가죽을 벗겨내었다.

레인은 단번에 란트의 정체를 확인할 수 있었다.

트라시온 폰 테일론은 일부 황족들과 절친한 이들 사이에서 트란이라고 불렸다. 그걸 거꾸로 해서 가명을 지어 말했던 것이다.

란트, 아니, 트라시온 폰 테일론이 말했다.

"속여서 미안해. 하지만 이것도 신입생들을 위한 일종의 이벤트였어."

"이벤트요?"

레인의 눈에서 불꽃이 튀었다.

"미안한데, 곧 설명을 들을 수 있을 거야. 그러니 그만하고 돌아가도록."

레인은 어쩔 수 없이 고개를 숙이고 자리를 빠져나가려고 했다.

도로시는 불만이 가득한 표정을 지었다.

"트란 오빠, 전 아직 이야기를 끝내지 못했어요."

"오늘은 입학식 겸 신입생 환영회란다. 저 녀석은 막 들어온 신입생이고."

"하지만……."

트라시온은 레인의 어깨를 툭 쳤다.

"아직 얘가 뭘 몰라서 그래. 시간이 지나면 우리 귀여운 도로시의 제안을 거절한 걸 땅을 치고 후회할 거야."

"그, 그렇겠죠?"

도로시의 차가운 얼굴이 약간 붉게 물들었다.

트라시온은 그렇게 복잡한 상황을 정리하고 레인에게 귓속말을 했다.

"그만 돌아가 보도록. 나중에 따로 설명하지."

"예, 황자님."

레인은 고개를 숙인 뒤 서둘러 그 자리를 피했다.

'하아, 정신없어.'

오늘 하루, 이해할 수 없는 일이 너무 많았다.

홀스가 이름을 날리기 위해 무대에 오른 건 좋았다.

그걸 못마땅하게 생각한 가르트가 훼방을 놓기 위해 클레이븐을 불러들였고, 어쩔 수 없이 나섰다.

다행인 건 클레이븐이 자신의 제안을 받아들였다는 점이다.

어차피 물어볼 것도 있었으니 단둘이서 보는 것도 나쁘지 않았다. 또 그렇게 기절한 척 실려 나가면 다른 이들의 눈을 피할 수 있었다.

그 계획은 도로시 앞에 떨어지면서 이상하게 바뀌었다.

난데없이 자신의 호위를 하라고 하더니 갑자기 란트, 아니, 트라시온 황자가 끼어들었다.

나중에 설명을 해주겠다고 했지만 기분이 이상했다.

'트란 황자는 어릴 때부터 그랬지. 직접 끼어들지 않고 항상 뒤에서 일을 조종했어.'

정확히 파악할 수 없지만 트라시온 역시 실력을 감추고 있었다. 그러면서 결정적인 순간에 한 발 빼는 놀라운(?) 능력을 가지고 있어 몇 번이고 골탕을 먹었었다.

"윽."

클레이븐에게 받힌 가슴이 욱신거렸다.

어릴 때부터 독약을 먹고, 몇 번이고 탈피와 변형을 거쳐 단단해진 육체였다. 어지간한 충격 정도는 흡수하거나 흘려 버린다.

그럼에도 통증은 상당했다.

"레인, 괜찮아?"

마침 의무실에서 돌아온 콘티엘이 말을 걸었다.

"아아, 죽을 정도는 아니야."

"다행이야. 난 네가 죽는 줄 알았어. 홀스도 잘 싸웠는데 그 괴물은 정말 장난이 아니더라. 몸에서 뿜어진 기운이 휘몰아치는데 숨이 막힐 정도였다고."

레인은 순간 흠칫하며 콘티엘을 쳐다봤다.

"그게 보였어?"

콘티엘은 깜짝 놀라더니 다급히 손을 저었다.

"아, 아니, 기분이 그랬다는 거지. 그나저나 너도 참 대단하다. 그 괴물 손에서 이렇게 멀쩡하게 살아남다니."

"운이 좋았어."

레인은 그렇게 말하며 무대를 향해 시선을 돌렸다.

그러면서 콘티엘에 대해 생각했다.

클레이븐의 실력은 학생들 중에서도 상당한 수준이라고 할 수 있었다. 하지만 그의 몸에서 흘러나온 기운은 직접 상대한 사람이 아니라면 느낄 수 없을 정도로 정제되지 않은 상태였다.

즉, 다룰 수 있는 마나의 양은 엄청나지만 사람의 눈에 보일 정도로 형태를 가진 건 아니었다.

레인은 슬쩍 곁눈질로 콘티엘을 쳐다봤다.

키도 작고 순진해 보이는 얼굴에 어딘가 소심한 구석도 있었다. 느껴지는 기운을 보면 아직 클레이븐의 능력을 파악할 수준은 아닌 것이다.

'이 녀석도 뭔가 있어.'

레인이 그렇게 생각할 때 갑자기 무대가 정리되었다.

뒤엉켜 싸우는 학생들 중에 최후의 승자(?)가 가려졌고, 루트의 결정으로 마무리되었다.

곧 요란한 음악과 함께 트라시온이 무대에 올랐다.

"다들 환영회를 잘 즐겼는가?"

갑자기 나타난 청년이 소리치자 신입생들은 어리둥절한 표정이었다.

콘티엘은 뭔가 익숙한 느낌에 무심코 물었다.

"저 사람… 누구야?"

"글쎄? 나도 잘 모르겠는걸?"

알긴 하지만 굳이 말할 생각은 없었다. 어차피 트라시온이 설명할 게 분명했으니까.

"우선 내 소개를 하지. 내 이름은 트라시온 폰 테일론이다. 현재 로열 아카데미 학생회 회장을 맡고 있지."

순간 웅성거림이 소란으로 바뀌더니 곧 침묵이 찾아왔다.

모두가 알다시피 트라시온 폰 테일론은 황제의 둘째 아들이었다. 한마디로 테일론 제국 권력의 정점에 있는 인물이라고 할 수 있었다.

도로시 공주는 귀족가의 자제들에게 있어 노력으로 얻을

수 있는 꿈이자 한계였다. 하지만 트라시온은 그걸 넘어선 곳에 있는 실로 하늘같은 존재였다.

"학생회 회장으로서 다시 묻겠다. 오늘 환영회가 마음에 드는가?"

"예!"

우렁찬 외침이 커다란 강당을 흔들었다.

"그렇다면 이만 신입생 환영회를 마무리하도록 하겠다."

트라시온의 말에 어딘가 아쉬워하는 소리가 들렸다.

다들 귀족 가문의 자제들이지만 서커스를 비롯해 각종 공연, 그리고 마법 쇼까지 이어진 이런 성대한 축제는 겪어보지 못했다.

더군다나 어른들의 눈치를 보지 않고 마음껏 즐길 수 있어서 더욱 아쉬운 상황이었다.

"다들 그 마음은 안다. 하지만 오늘만 날이 아니다. 앞으로도 이런 행사가 많을 것이고, 충분한 즐길 거리가 너희들을 기다리고 있다."

분위기가 밝아지자 트라시온이 말을 이었다.

"명심해라. 머지않아 너희들은 이 테일론 제국을 이끌어 나갈 사람들이다. 그 때문에 이 로열 아카데미가 존재하는 것이니 너희들은 귀족임을 잊지 말고 스스로의 행실에 귀족의 명예를 떠올리도록 하라."

학생들은 자부심을 느끼는지 환한 표정을 지었다.

"테일론 황실에 대한 충성을 잊지 말고 열심히 학업을 이행한다면 아카데미 생활은 충분히 즐거울 것이다. 그리고 환영회를 마치기 이전에 미리 알려줄 것이 있다."

트라시온이 손을 들었다.

그걸 신호로 신입생들 사이에서 수십 명의 청년이 무대로 올라왔다.

그들의 얼굴을 확인한 신입생들이 웅성거리기 시작했다.

"쟤는 우리 방 애잖아?"

"야, 네가 거기 왜 올라가?"

청년들이 뒤에 일렬로 정렬하자 트라시온이 말했다.

"이들은 모두 학생회 소속이며 상급생들이다. 생소한 너희들이 잘 어울릴 수 있도록 모르는 것을 설명해 주기 위해 신입생 역할을 맡았다."

신입생들은 깜짝 놀랐고, 몇몇은 비명을 지르기도 했다.

어쩐지 아는 게 많다 싶었고, 앞으로 함께할 룸메이트라고 생각해 이런저런 속내를 털어놓기도 했다.

특히 일부 학생들은 특정 귀족에 대한 욕도 서슴지 않았다.

콘티엘은 큰 충격을 받은 듯 바닥에 털썩 주저앉아 버렸다.

"서, 설마······."

"그래, 맞아. 란트가 바로 트라시온 황자야."

콘티엘의 얼굴이 하얗게 바뀌었다.

룸메이트라고 생각해 밤새 이야기하던 친구가 황자라고 하니 놀라는 게 당연했다.

트라시온은 웃으며 레인과 콘티엘을 쳐다봤다.

"놀림을 당했다고 생각한다면 나를 비난하라. 모든 것이 내 지시에 따라 이루어진 것이니까. 하지만 난 충분히 의미가 있었다고 생각한다."

대부분의 신입생들은 혼란스러워했지만 곧 좋게 넘어가는 듯 보였다.

어쨌든 자신들을 위해서 벌인 일이었고, 다른 사람도 아닌 황자가 시킨 것이었으니 말이다.

"쳇."

레인은 다른 사람들이 못 들을 정도로 투덜거렸다.

안 그래도 란트가 제일 수상했다.

아카데미에 대해 아는 것도 많았고 서로 이야기할 수 있도록 은근히 분위기를 잡는 것도 그랬다.

특히 가장 이상하다고 느낀 건 식당에서의 일이었다.

그 오만해 보이던 페르제란 녀석이 먼저 고개를 숙이지 않았던가?

얄미운 트라시온이 다시 학생들을 쳐다봤다.

"이들의 역할은 오늘 저녁까지 계속될 것이다. 식사 후 저녁 취침 전까지 같은 방에서 지낼 것이니 궁금한 게 있다면 이들을 통해 알아내도록. 그럼 이것으로 신입생 환영회를 마치겠다."

말이 끝나자 음악대가 다시 요란한 연주를 시작했다.

음악만큼이나 혼란스러운 레인이었다.

레인과 콘티엘은 뒷정리와 간단한 식사까지 끝낸 뒤 방으로 돌아왔다.

"어이, 늦었어."

트라시온이 침대에 걸터앉은 채 반갑게 웃으며 손을 들었다. 그러자 콘티엘은 못 볼 걸 본 사람처럼 그대로 굳어버렸다.

"화, 화, 황자님을 뵈, 뵈, 뵈……."

"됐어. 편하게 말하라고. 어차피 지금은 같은 학생 신분이잖아. 그렇지 않아?"

트라시온의 시선이 레인에게 향했다.

"좋습니다. 그럼 편하게 말하도록 하죠, 학.생. 회.장.님."

"하하! 레인, 삐쳤어?"

"그럴 리가요, 학.생.회.장.님."

트라시온은 피식 웃더니 곧 정색한 표정으로 침대에서 일어나 고개를 숙였다.

"미안하다. 너희들을 속인 걸 사과하마."

"아, 아닙니다. 절대 아닙니다."

콘티엘은 황송하다는 표정으로 그 자리에서 주저앉아 바닥을 향해 머리를 숙였다.

레인은 한숨을 내쉬더니 어쩔 수 없다는 표정을 지으며 고개를 숙였다.

"사과를 받아들이겠습니다."

다른 사람도 아닌 테일론 황실의 피를 받은 황자이다.

그런 트라시온이 사과하며 고개를 숙였으니 레인이라 할지라도 더는 따지고 들 수 없었다.

'얄미워, 예전보다 더.'

그런 속마음을 읽었던 것일까?

"레인, 내가 굉장히 밉다는 표정인데?"

"그럴 리 없습니다."

레인이 어깨를 으쓱거렸다.

"그나저나, 정말 날 알아보지 못한 거야?"

"확신은 없었지만 수상하다고는 생각했죠. 그런데 설마 황자 저하일 줄은 미처 몰랐습니다."

"이런, 아쉬운걸. 난 한 번에 알아볼까 봐 공들여서 변장도 했는데 말이야."

트라시온이 빙긋 웃었다.

"그래서 헛갈렸다는 겁니다. 그런데 그런 이야기나 하려고 여기 오신 건 아니시겠죠?"

레인의 몸에서 차가운 기운이 펄펄 날리자 트라시온은 손으로 휘휘 저었다.

"좀 더 환영해 줄 거라 생각했는데, 이거 좀 서운해. 어릴 때는 형아, 형아 하면서 나만 쫓아다니더니."

"그때는 황자 저하의 본색을 몰랐으니까요."

레인이 비꼬자 이번엔 트라시온이 어깨를 으쓱거렸다.

가만히 이야기를 듣던 콘티엘은 혼란을 느꼈다.

황자와 이런 농담 따먹기를 할 수 있는 사람은 거의 드물었다. 아니, 원래대로 따지면 레인의 말투는 불경죄가 아닌 반란죄로 다스려도 될 정도로 그 수위가 위험했다.

"레인."

콘티엘이 조용히 부르자 레인과 트라시온이 동시에 말했다.

"이건 절대 비밀이야."

"가급적 오늘 일은 모른 척했으면 좋겠군."

콘티엘은 반사적으로 고개를 끄덕였다.

"예, 그렇게 하겠습니다."

트라시온은 그 대답을 듣고도 뭔가 고민이 되는지 잠시 머뭇거렸다.

"할 이야기가 있어서 잠시 레인을 빌려가겠다."
"아닙니다. 제가 자리를 피하겠습니다."
"그럼 너무 미안해서 안 되고. 잠시면 되니까……."
콘티엘은 서둘러 소리쳤다.
"괜찮습니다. 어차피 이 시간이면 의무실에 있는 홀스도 데려와야 합니다."
소심한 콘티엘에게는 트라시온과 있는 이 자리가 너무도 불편한 모양이었다.
콘티엘이 애처로운 눈빛으로 레인을 쳐다봤다.
"그럼 부탁 좀 할게."
레인의 말에 트라시온도 고개를 끄덕였다.
콘티엘이 밖으로 나갔다.
트라시온은 천천히 걸어가 침대에 앉았고, 레인은 가만히 서 있었다.
"저에게 용무가 있었던 겁니까?"
레인의 질문에 트라시온은 진지한 표정을 지었다.
"용건만 간단히 말하지. 내 밑으로 들어와라."
"예?"
너무도 뜬금없는 말에 레인은 깜짝 놀랐다.
"내가 뭘 좀 해보려고 하는데 사람이 필요해서. 그 일에는 네가 적격이거든."

"무슨 일입니까?"

"자세한 건 설명하기 곤란하고, 내 밑으로 들어와라. 섭섭지 않게 해주마."

레인은 살짝 인상을 찌푸렸다.

"뒷골목 건달들이나 하는 말을 황자 저하의 입에서 듣게 될 줄은 몰랐습니다."

"그렇게 들렸나?"

"확실히요."

트라시온은 자신의 입술을 살짝 깨물었다.

무언가 복잡한 상황일 때 나오는 습관이었다.

"난… 네가 나를 도와줬으면 좋겠다."

"전 절대 다른 일을 할 생각이 없습니다. 아버지와 어머니께서 열심히 공부하고 오라 하셨거든요."

"그랬나?"

"아시지 않습니까? 제 부모님이 화나면 어떻게 되는지."

트라시온의 얼굴에도 잠시 두려움이 스쳤다.

"이런 경우라면 예외로 치지 않을까? 다른 사람도 아닌 내 부탁인데."

"글쎄요? 저는 확신할 수 없는 일에 목숨 걸고 싶지는 않습니다만……."

"그거, 확실한 거부 의사지?"

"예."

레인은 짧게 대답하며 고개를 끄덕였다.

트라시온은 잠시 고민하는 표정을 지었다.

"네가 그렇다면 어쩔 수 없지. 그나저나 그것 말고도 생각해 봤어?"

"뭘, 말입니까?"

"도로시."

순간 레인의 얼굴이 굳어지고 말았다.

"어릴 때 네가 그 애를 자주 괴롭혔잖아. 난 네가 도로시를 좋아해서 그런 줄 알았는데."

"전혀 그렇지 않습니다."

레인이 정색을 하고 대답했다.

트라시온은 짓궂은 표정을 짓더니 레인의 어깨를 툭툭 두드리고 밖으로 나갔다.

"하여간 잘 생각해 봐. 아직 시간은 많으니까."

레인은 고개를 갸웃거렸다.

대체 뭘?

Emperor Sword

CHAPTER 07
클레이븐과 싸우다

콘티엘은 다른 사람의 도움을 받아 홀스를 부축해 왔다.
레인은 침대에 쓰러진 홀스의 상태를 살폈다.
"이런, 골고루 두들겨 맞았군."
아카데미의 치료사들이 손을 썼는지는 모르겠지만 전신 타박상을 제외하고 크게 부러진 데는 없었다.
다행이라면 다행이었다.
'클레이븐이라고 했지? 그렇게 나쁜 놈 같진 않던데.'
가르트가 부탁했을 때, 페르제는 내키지 않는다는 표정이었다. 하지만 그의 부관으로 보이는 놈이 움직였고, 함께 온

게 클레이븐이었다.

아마 클레이븐에게도 사정이 있었을 것이다.

'나중에 연락한다고 했으니 그때 물어보면 되겠지.'

레인은 일단 그쪽에 대한 생각을 접고 홀스에게 집중하기로 했다.

"콘티엘, 미안한데, 따뜻한 물 좀 떠다 줄래?"

"어? 아, 알았어."

딴생각을 하던 중이었는지 콘티엘은 약간 당황스러워했다.

아마도 레인과 트라시온이 했던 대화 때문인 것 같았다.

레인이 신경 쓸 필요 없다고 말하려는데 콘티엘이 서둘러 나가 버렸다.

"하아, 나중에 설명하면 되겠지. 우선 이 녀석부터."

레인은 손가락 끝에 내공을 주입해 홀스의 몸을 정성스럽게 문질렀다. 그러다 독기도 함께 들어갔지만 크게 신경 쓰지 않았다.

약간의 독기는 오히려 신체를 자극해 더욱 활성화시켜 주기 때문이다.

다행히 추궁과혈을 마치자 콘티엘이 들어왔다.

"윽, 이게 무슨 냄새야?"

콘티엘은 홀스의 몸에서 나는 악취에 인상을 찌푸렸다.

클레이븐에게 두들겨 맞았기에 몸속의 혈관이 부풀어 올랐고, 레인은 빨리 회복할 수 있도록 자극을 주어 그 속에 있는 나쁜 기운을 뽑아냈다.
　그러다 보니 미세한 냄새가 나는 건 어쩔 수 없었다.
　"그래서 물을 받아달라고 부탁한 거야."
　레인은 웃으며 수건을 적셨다.
　콘티엘이 도와주자 홀스의 몸을 닦는 건 순식간이었다.
　홀스는 기분이 좋았는지 잠을 자면서 코까지 골았다.
　레인은 나중에 콘티엘이 잠들자 다시 같은 작업을 두 번이나 더 반복했다.
　"나 참, 이런 취미는 없는데."
　레인은 투덜대면서도 홀스의 몸을 섬세하게 만졌다.
　그렇게 치료를 마치고, 다음날이 되었다.
　"후아아암! 잘 잤다!"
　홀스가 기지개를 켜며 소리쳤다.
　콘티엘이 부스스한 눈을 비비며 홀스를 쳐다봤다.
　"괜찮아?"
　"그럼? 무슨 일 있었어?"
　태연하게 묻는 걸 보니 아무래도 어제의 일이 잘 기억이 나지 않는 모양이었다.
　콘티엘은 뭐라 대답해 주려다 깜짝 놀라고 말았다.

의무실에서 데리고 왔을 때, 홀스의 얼굴에는 수많은 멍이 장식처럼 달려 있었다. 거기다 곳곳이 부어 제 형체를 알아보기 힘들 정도였다.

그런데 지금은 말짱했다. 마치 아카데미의 치료사 모두가 달려들었던 것처럼 말이다.

콘티엘은 의심스러운 눈빛으로 레인을 쳐다봤다.

레인은 잔뜩 피곤한 표정을 고스란히 드러내며 엎드려 자고 있었다.

고개를 갸웃거린 콘티엘이 홀스를 쳐다봤다.

홀스 역시 굳은 표정을 하고 있었다.

"어제, 무슨 일이 있었던 거야?"

콘티엘은 솔직히 자신이 아는 걸 이야기했다.

홀스가 연승을 하고, 클레이븐이 무대로 올라왔다고 말이다.

"거기까지는 기억 나. 그다음은?"

콘티엘은 잠시 망설이다 말을 이었다.

마지막 결정타 전에 레인이 올라가 클레이븐과 싸웠다고 했다.

홀스는 깜짝 놀라 레인을 쳐다봤다. 피곤해 보이는 모습을 제외하면 어디 다친 흔적은 없었다.

"설마 그 무시무시한 괴물을 이긴 건 아니겠지?"

콘티엘이 고개를 저었다.

"큰 거 한 방 맞고 무대 바깥까지 날아가 기절했지. 다행히 몸은 튼튼한지 멀쩡히 돌아다니더라."

홀스는 혼란스러움을 느꼈다.

가만히 생각하니 클레이븐이 했던 말 일부가 떠올랐다.

아무래도 목표가 자신인 것 같았다. 그러니 굳이 레인에게 크게 손을 쓰지 않았으리라.

홀스는 그렇게 생각하며 넘기려고 하다가 문득 자신의 몸이 무척 가벼워졌음을 깨달았다.

"어라? 이상한데?"

홀스는 팔굽혀펴기를 해보고 제자리에서 뛰어도 봤지만 자신의 신체 어디에서도 근육이 뻐근한 걸 느끼지 못했다.

"치료사들 솜씨가 그렇게 좋았나?"

아무리 생각해도 이해가 되지 않아 홀스는 고개를 갸웃거렸다.

혹시나 하는 생각에 레인을 쳐다봤지만, 레인은 여전히 침대에서 뒹굴거릴 뿐이었다.

마침 기상 시간 종이 울렸다.

며칠 동안 정신없이 바빴다.

그건 레인도, 홀스도, 콘티엘도 마찬가지였다.

입학식 이후 각자 자신의 학부를 찾아갔다. 교수들에게 배워야 할 과목에 대해 설명을 들었고, 그중 자신에게 맞는 걸 시간에 맞춰 선택했다.

또 필요한 교재와 실습 기구들을 받아 수업 준비를 하다 보니 나흘이 순식간에 지나 버린 것이다.

이들이 얼굴을 맞댄 건 저녁 식사 후 취침에 들어가기 전이었다.

레인은 피곤에 지친 표정으로 침대에 누웠다.

"너는 어땠어?"

홀스는 씨익 웃더니 팔을 들어 자신의 근육을 부풀렸다.

"나를 알아봐 주는 사람이 제법 있더군. 교수 한 분이 기초 수련은 됐다며 개별 수련 쪽으로 알아보라고 했어."

"그거 다행이구나."

그날 무대 위에서 보여준 홀스의 실력이라면 굳이 기초 수련을 할 필요는 없었다. 기초 수련이라고 해봐야 체력 단련이 전부였기 때문이다.

사실 아카데미의 학생들 중 기초조차 안 된 상태에서 기사 학부에 들어오는 경우가 있었다.

가령 가문의 반대로 공부를 하다가 기사에 매료되어 지원하는 자가 있는가 하면, 검과 무술에 재능이 없어 마지막 희망이라고 생각해 지원하는 자도 있었다.

이런 학생들과 신입생은 우선 기초 수련부터 시작한다.

거기서 어느 정도 수준에 이르러서야 정식으로 검술을 배우는 것이다.

홀스의 경우 아버지가 뛰어난 기사여서 기본 체력과 검술은 신입생 중에서도 상당한 편이었다. 거기다 용병 생활을 했던 경험 탓인지 검술도 어느 정도 수준이 되기에 굳이 기초부터 할 필요는 없었다.

"여기서 조금만 노력해 중급에 도달하면 아카데미의 검술을 배울 수 있지! 만약 상급이 된다면 마음에 드는 교수님을 정식 스승으로 모실 수 있다고!"

홀스는 잔뜩 흥분한 목소리로 소리쳤다.

건성으로 고개를 끄덕인 레인은 콘티엘을 쳐다봤다.

"너는 어떤데?"

콘티엘은 홀스와 달리 어딘가 기가 죽은 표정이었다.

"아무래도 마법학부를 다니는 건 힘들 것 같아. 마법은 내 적성이 아니래."

"무슨 일 있어?"

콘티엘은 대답 대신 고개를 숙였다.

곧 홀스가 어깨를 두드려 위로해 주자 콘티엘이 사연을 이야기했다.

"마나 친화도 테스트에서 제일 낮은 점수가 나왔어."

"그건 단지 테스트일 뿐이잖아."

콘티엘은 고개를 저으며 설명했다.

흔히들 마나의 선택을 받은 자만이 마법을 배울 수 있다고 했다. 즉, 마법은 아무나 배울 수 없고, 배운다고 모두 쓸 수 있는 건 아니라는 말이었다.

그 때문에 아카데미에서는 마나 친화도 테스트를 했다.

마나의 선택을 받지 못한 자는 괜히 고집 부리지 말고 빨리 포기하라는 의미였다.

마법학부를 지원하는 자들 대부분은 어느 정도 마법에 대한 재능이 있었고, 나머지도 마나 친화도는 어느 정도 있었다.

한마디로 가능성이 있기에 마법을 배우려고 하는 것이다.

하지만 콘티엘은 거의 유일하게 마나 친화도가 낮았다.

"그런 거 필요없어. 그냥 노력하면 돼."

레인의 말에 콘티엘은 살짝 인상을 찌푸렸다.

사실 친구들 앞이라 내색하진 않았지만 콘티엘의 고민은 심각했다.

꾸준한 노력 덕분에 기초 마법 이론은 거의 완벽했고, 이제 남은 건 실습이었다. 하지만 마나를 느끼지 못하는 이상은 그 어떤 이론도 무용지물이었다.

레인은 이불 속으로 파고들며 말했다.

"마나는 단지 마나야. 친화도니 뭐니 그런 건 필요없어."

"그렇게 쉽게 말하지 마."

레인은 피식 웃었다.

"너희들은 마나가 인간과 친하다고 생각해?"

레인은 그렇게 말한 뒤 눈을 감았고, 콘티엘과 홀스는 멍해졌다.

잠시 생각하던 콘티엘이 뭔가를 물으려고 했다.

"드르렁, 푸우우! 드르렁, 푸우우!"

레인의 코 고는 소리가 울렸다.

결국 콘티엘은 물어보지 못하고 밤새 고민에 빠졌다.

"하아암."

크게 하품을 한 홀스는 눈을 비비며 주위를 둘러봤다.

지도교수가 그랬다.

옐로우 스톤 쪽에 보면 중급생들을 가르치는 교수가 있다고. 그러면 자신에게 맞는 교육을 해줄 수 있을 것이라고 말이다.

사실 기사학부는 다른 학부와는 달리 개개인의 실력이 다르기에 가능하면 최대한 맞춤식 수업을 하려 했다. 본인이 기초를 원한다면 기초를 가르치지만 능력이 넘는 이들을 억지로 잡아두진 않는다는 것이다.

홀스는 무거운 갑옷을 걸친 채 체력 단련을 하고 있는 청년 무리를 쳐다봤다.

"저쪽인 모양이군."

홀스가 그리로 향하는데 옆에서 누군가 불쑥 튀어나왔다.

바로 클레이븐이었다.

홀스는 순간 흠칫해하며 걸음을 멈췄다.

클레이븐은 홀스의 위아래를 찬찬히 훑어보더니 묘한 미소를 지었다.

홀스를 두들겨 팬 건 자신이었으니 다른 누구보다 상대의 몸 상태에 대해서 잘 알았고, 치료사들의 실력 역시 짐작하고 있었다.

치료사들은 아주 위급한 경우를 제외하면 완벽하게 치료해 주지 않는다.

특히 타박상이나 멍 같은 경우는 자연 치유력에 맡기는 것이 나중을 위해서 좋다는 핑계를 대며 제대로 처치해 주지 않았다.

그 정도라면 홀스가 멀쩡히 다닐 리가 없었다.

그렇다면 누군가가 치료했다는 의미. 자신이 아는 바 그건 한 사람이었다.

"좋은 친구를 두었군."

영문을 알 수 없는 말에 홀스는 고개를 갸웃거렸다.

"그나저나 이대로 있을 생각인가?"

"아, 실례했습니다."

홀스는 자신의 실수를 깨닫고 고개를 숙였다.

어찌 되었든 클레이븐은 상급생이었고, 기사학부의 선배였다.

하지만 억울하다는 생각이 드는 건 어쩔 수 없었다.

클레이븐은 공주의 눈에 띌 기회를 날려 버렸고, 자신을 두들겨 팬 인간이다.

이렇게 친하게 대화를 나눌 사이는 결코 아니었다.

클레이븐이 다가와 어깨를 툭툭 두드렸다.

"이름이 홀스타인이라고 했나?"

"예, 홀스타인 론 반쉬입니다. 친구들은 그냥 홀스라고 부릅니다."

"갓 입학한 신입생이 여기 올 정도면, 어느 정도 인정은 받았다는 말인데."

"그렇습니다."

"하긴, 나에게 두들겨 맞고도 버틴 그 무식한 체력이라면 기초 수련 따위는 의미없겠지."

모욕과 칭찬 사이를 왔다 갔다 하는 말이었다.

"자네가 찾을 교수님은 저쪽에 있다."

"가, 감사합니다."

"선배로서 당연한 일일 뿐. 그건 그렇고, 자네 친구 중에 레인이라고 있지?"

뜬금없이 레인을 찾자 홀스는 경계하는 눈빛을 보냈다.

"별것 아니지만, 나와 약속한 게 있다. 그 마법사 친구에게 저녁 식사 이후 여기서 기다린다고 전해줘."

"예, 알겠습니다."

홀스는 내키지 않았지만 어쩔 수 없이 고개를 숙였다.

클레이븐은 그런 홀스의 어깨를 다시 한 번 툭 쳤다.

"로열 아카데미 기사학부에 들어온 것을 환영한다, 귀여운 후배."

그 말을 끝으로 클레이븐이 사라졌다.

홀스는 뭐에 홀린 것마냥 한참을 서 있었다.

    *   *   *

홀스에게 이야기를 전해 들은 레인은 한숨을 내쉬었다.

'며칠 지났으니 잊어버릴 줄 알았는데, 아무래도 빨리 해결하는 게 좋겠군.'

레인은 또다시 한숨을 내쉬며 옐로우 스톤으로 향했다.

옐로우 스톤은 언뜻 커다란 바위산처럼 보였지만 그 내부는 달랐다.

수십 개의 커다란 굴을 뚫어 수련장을 만들었는데, 개인 수련자를 위한 작은 동굴만 백 개가 넘었고 지하에는 커다란 경기장까지 있는 장소였다.

입구에 다다르자 검은 갑옷을 입은 클레이븐이 보였다.

"늦었군."

"신입생이다 보니 그렇게 됐습니다."

"따라와라."

클레이븐은 길게 말하는 걸 좋아하지 않는 모양이었다.

레인은 클레이븐을 따라가며 조심스럽게 물었다.

"그런데 그거, 평소에도 입고 계십니까?"

레인이 말하는 건 무대를 쿵쿵 울릴 정도로 묵직한 갑옷이었다.

지금은 식사가 끝난 개인 시간이었다. 거기다 날도 점점 더워지고 있었기에 온몸을 감싸는 갑옷이 불편해 보였던 것이다.

"수련의 일종이지."

"예, 그렇군요."

레인은 그렇게 대답한 뒤 더 묻지 않았다.

클레이븐이 걸음을 멈춘 건 커다란 철문 앞에서였다.

"여기가 내 개인 수련장이다. 여기라면 아무도 방해할 사람은 없을 것이다."

철문을 열자 삭막한 공간이 드러났다.

왼쪽 벽에는 수십 가지 무기가 전시되어 있었고, 오른쪽에는 아무것도 없었다.

문제는 정면이었다.

무언가로 후려친 듯한 흔적이 가득했는데, 보통 사람은 그저 보는 것만으로도 두려워할 정도였다.

"무기를 골라라."

"예?"

"아, 마법사였지. 그렇다면 무기는 필요없겠군."

클레이븐은 그렇게 말하며 갑옷을 벗었다.

또다시 쿵쿵 거리는 소리가 수련장을 울렸다.

흉기 같은 우람한 육체가 나타났는데, 울퉁불퉁한 근육은 바위 같아 칼로 찔러도 피 한 방울 나올 것 같지 않았다.

'어쩌면 정말 돌로 되어 있는지도 모르겠군.'

레인이 그렇게 생각하는 사이 클레이븐은 싸울 준비를 마쳤다. 무식하게 커다란 검을 들고 가벼운 가죽 갑옷으로 바꿔 입은 것이다.

"궁금한 게 있습니다. 대답해 주실 수 있겠습니까?"

갑작스러운 레인의 질문에 클레이븐은 고개를 끄덕였다.

"그날 왜 무대에 오르신 겁니까? 알아보니 그럴 이유가 전혀 없더군요."

"개인 사정이다."

"그 페르제란 친구 때문입니까?"

클레이븐은 차가운 눈길을 레인에게 던졌다.

잠시 후 클레이븐이 고개를 끄덕였다.

"아마 네가 짐작하는 대로다."

"그렇군요."

레인은 더 묻지 않았다.

사실 며칠 동안 알아본 게 있었는데 클레이븐은 로열 아카데미 내에서도 손꼽히는 실력자였다.

기사와 마법사, 혹은 용병들에게도 등급과 단계가 있었다.

그걸 평가하고 지정하는 곳이 바로 클래스 타워였는데 제국과 왕국이 공통된 기준을 가지고 운영했다.

클레이븐의 경우 클래스 타워에서 정식으로 인정받진 못했지만 기사 계열 3클래스의 자격은 쉽게 얻을 수 있을 정도였다.

3클래스의 기사는 기초 무술을 교육할 자격이 있으며 상승 무술이 숙련에 이른 자를 말했다.

또는 마나 수련을 통해 신체의 능력을 향상시킨 자들이 속하는데 대부분의 정식 기사들이 이 클래스였다.

한마디로 클레이븐의 실력이라면 당장 기사단에 소속되어도 이상하지 않았다.

그런 클레이븐이 고작 신입생들 축하 무대에 오른다는 건 말도 안 되는 소리였다.

레인은 살짝 인상을 찌푸렸다.

'역시나 짐작한 게 맞았군. 그 페르제란 녀석이 보통이 아니란 건 알았지만 클레이븐 정도 되는 사람을 부릴 수 있을 줄은 몰랐어.'

레인이 이런저런 생각을 하는 동안 클레이븐이 자세를 잡았다.

"골치 아픈 이야기는 그만하도록 하지."

"제가… 조건 하나만 걸어도 되겠습니까?"

레인의 말에 클레이븐은 잔뜩 인상을 찌푸렸다.

클레이븐은 올해를 끝으로 졸업을 한다. 그리고 바로 영지의 기사단에 들어가게 되어 있었다.

기사단에 들어갈 실력은 충분했지만 자신이 원하는 건 그 이상이었다.

머지않아 영지의 기사단을 이끌어야 했기에 항상 부족함을 느끼는 것이다.

하지만 실력은 더 이상 늘지 않았다.

클레이븐은 고민에 빠졌다.

경쟁자들은 나날이 실력을 키우고 있는데, 자신만 정체되어 있다고 생각하니 괴로웠다.

결국 클레이븐은 교수들의 조언을 받기로 했다.

무거운 갑옷을 입고 생활해 봤고, 하루에 수백 번이나 기본 베기도 해봤다. 그리고 마나를 사용해 육체의 움직임을 최대한 활성화시켰다.

 지금은 그마저도 한계에 달해 새로운 돌파구가 필요한 상황이었고, 그건 어느 정도 집착에 가까웠다.

 "조건이라고?"

 "예."

 클레이븐은 레인의 눈을 쳐다봤다.

 갈색치고는 짙었으며 무언가 깊이가 있었다.

 빨려들어 가는 느낌이랄까?

 지금까지 자신 앞에서 이렇게 여유를 부리는 학생은 없었다.

 그래서 클레이븐은 고개를 끄덕였다.

 "말해라. 들어줄 수 있으면 들어주마."

 "예, 다른 건 아니고, 오늘 일은 아무에게도 말하지 않았으면 합니다."

 레인의 말에 클레이븐은 허탈함을 느꼈다.

 친구를 위해 나선 것도 그렇고, 자신을 찾아온 것에서 나름 용기가 있다고 생각했다.

 하지만 자신의 착각이었다.

 갑자기 울컥 화가 났고, 단단히 혼을 내야겠다는 생각이 들었다.

"졌다는 게 소문날까 봐 그런 건가? 그게 부끄러워서 그렇다면 좋다. 비밀로 해주겠다."

"정말이십니까?"

"난 한 입으로 두말하지 않는다. 그러니 너도 약속을 지켜라."

"예, 알겠습니다. 그럼 준비하십시오."

갑자기 레인이 환하게 웃자 클레이븐은 뭔가. 이상하다는 걸 느꼈다.

"그럼 갑니다."

말이 끝나는 것과 동시에 레인의 몸에서 엄청난 기운이 뿜어졌다.

순간 클레이븐의 눈동자가 커졌다.

"너, 뭐?"

번쩍.

콰아아앙!

요란한 소리와 함께 넓은 수련장이 먼지로 가득 찼다.

"쿨럭쿨럭! 커헉!"

클레이븐은 기침을 하며 피를 토해냈다.

도무지 정신을 차릴 수 없었다.

억지로 고개를 흔들어 주위를 살폈다.

몸의 절반 정도가 벽에 파묻혀 있었고, 시야가 뿌옇게 보였다.

그 먼지로 만들어진 안개 사이로 검은 그림자가 다가왔다.

"며칠만 쉬면 괜찮아질 겁니다."

레인의 그 장난스러운 목소리였다.

"너, 너, 실력을……."

"그럼 약속을 지키리라 믿습니다."

그 말이 끝날 때쯤, 클레이븐은 의식을 잃고 말았다.

*　　　*　　　*

"그러니까 정말 행정학부라 이거지?"

"예. 아직 특별한 소속도 없다고 합니다."

도로시는 짜증나는지 애꿎은 손수건만 잘근잘근 씹었다.

오빠 트라시온은 이렇게 말했다.

레인이 제안을 거절한 건 아직 너의 가치를 몰라서라고, 그러니 며칠 지나면 네 발밑에 매달려 모시게 해달라고 사정할 거라고 말이다.

하지만 며칠이 훌쩍 지났는데도 레인은 찾아오지 않았다.

이건 자존심 문제였다.

결국 도로시는 혹시나 하는 마음에 루트에게 그에 대해 조사하라고 명령했다.

결과는 별거없었다.

그저 평범한 행정학부 학생으로 하루 종일 책에 파묻혀 지낸다고 했다.

그날 무대에 올랐던 것도 홀스라는 친구 때문이라나?

도로시는 화가 났다.

세상에 자신을 무시하는 남자가 있을 줄은 상상도 못했다.

'감히 내 친절을 거절해? 가만두지 않겠다.'

도로시의 생각을 단번에 파악한 루트는 속으로 한숨을 내쉬었다.

레인 반 로헬, 로헬 백작 가문의 아들이다.

가능하면 그의 정체는 드러나지 않는 게 좋았다.

만약 도로시가 평소보다 약간 더 발광해서 괜한 짓을 벌인다면 레인은 충분히 눈에 띌 터이고, 제국의 적이 될지도 모르는 자들이 관심을 기울일지도 몰랐다.

"지금은 그 신입생에게 신경 쓸 때가 아닙니다. 이미 저쪽은 신입생들 포섭에 들어갔단 말입니다."

루트의 말에 도로시는 인상을 찌푸렸다.

도로시 역시 잘 알고 있었다.

제국 귀족들은 모두 네 개의 파로 갈라져 있었다.

그 첫 번째인 친 황제파에 속한 귀족 가문의 자제들은 입학하자마자 도로시를 찾아왔다.

이들 대부분은 다른 귀족들에 비해 힘이 있는 편이어서 큰 도움이 되었지만 숫자는 적었다.

그다음이 친 귀족파인데, 이들 중 겨우 오분의 일 정도만 도로시를 찾아왔다. 나머지는 친 귀족파의 수장인 발론 공작의 셋째 아들에게 붙은 것이다.

그나마 다행인 건 발론 공작의 셋째 아들 리슨 드 발론이 약간 모자라는 녀석이라는 점이었다. 제대로 구심점이 되지 못해 세력이 흐지부지한 것이다.

가장 걸리는 건 역시 페르제였다.

과거 제국에 흡수되었던 왕국의 귀족들을 끌어들이고 있었는데 그 숫자가 만만치 않았다.

거의 도로시와 비슷한 수준이라 할 수 있었다.

"페르제 드온 루틴은 자신의 공작령과 그 인근 영주의 자제들을 빠르게 포섭하고 있습니다. 그리고 중립 귀족들에게도 손을 뻗는 중입니다."

중립 세력이란 세 파에 속하지 못한, 힘도 능력도 없는 귀족들이었다. 하지만 그 숫자는 적지 않아 겨울에 있을 학생회장 선거를 생각하면 무시할 수 없었다.

"현재 페르제는 아카데미 전체의 사분의 일 이상을 포섭했습니다. 만약 그가 학생회의 일에 황실이 관여한다는 것을 걸고 나서면 공주님이 힘들지도 모릅니다."

로열 아카데미는 머지않아 귀족들이 될 학생들에게 황실에 대한 충성심을 심어주기 위해 만들어졌다. 하지만 그런 일에 황실이 직접 개입한다면 친 귀족파나 구 왕족파 귀족들이 반대할 가능성이 컸다.

결국 학생회를 통해 행사를 한다던가, 교육과정을 바꾸는 등 우회적으로 작업을 하고 있었다.

지금 학생회장은 트라시온 폰 테일론이었다.

만약 트라시온의 영향력으로 도로시 공주가 학생회장이 된다면 친 귀족파나 구 왕족파의 귀족들이 그걸 따지고 들 게 분명했다.

적어도 로열 아카데미는 정치적인 영향에서 벗어난 것으로 되어 있으니까.

"공주님이 학생회장이 되기 위해서는 페르제가 가장 걸림돌입니다."

루트는 그렇게 조언을 하면서도 골치가 아팠다.

이 천방지축 공주님은 너무 많이 모르고 있었다.

아카데미는 현 제국 정세의 축소판이었다.

이제 막 입학한 학생들끼리도 벌써부터 친분과 인맥을 쌓기 위해 움직이고 있었다.

멍청한 가르트가 바로 좋은 예였다.

그들은 나중에 졸업한 이후를 생각하고 있었다.

만약 로열 아카데미의 학생회를 페르제가 장악했다고 치자.

페르제와 그를 따르는 학생들은 자연스럽게 구 왕국파에 속한 귀족들과 인연을 맺게 될 것이고, 그 이후 대략 십 년에서 십오 년이 지나면 그 학생들 역시 귀족 가문을 잇게 된다.

한마디로 정치에 개입하는 구 왕족파의 귀족들 숫자가 늘어난다는 말과 같았다.

그건 곧 황가에 대한 위협이나 다름없었다.

아직 황가의 권위가 강해 문제가 없다지만 그게 언제까지 지속될지는 확신할 수 없는 것이다.

반대로 도로시가 학생회장이 되려는 건 그런 복잡한 정세와는 상관없었다.

단지 자신을 과시하기 위해서 필요한 일일 뿐.

루트는 자신의 말에 집중하지 않고 여전히 손수건만 물어뜯고 있는 도로시를 보며 한숨을 내쉬었다.

CHAPTER 08
콘티엘의 수련을 돕다

"이대로 내버려 두실 겁니까?"

"그럼 어떻게 했으면 좋겠나?"

질문에 태연히 반문하는 상대를 보자 루트는 힘이 빠지는 걸 느꼈다. 하지만 자신의 나틴 백작 가문은 제국의 살림을 맡고 있었다.

머지않아 닥칠 제국의 위협을 생각한다면 가능한 한 황실의 세력이 아카데미를 장악하는 게 좋았다.

사실 이전까지는 이렇게 문제가 심각하지 않았다.

우선 일황자이자 황태자인 트라우스 폰 테일론이 아카데

미 내의 세력을 확실하게 다져 놨다.

그 이후로도 친 황제파의 귀족들이 나서서 대대로 학생회장, 또는 학생회의 주요 자리를 차지했다.

하필 지금이, 이 시기가 문제가 되는 건 바로 페르제 드온 루틴 때문이었다.

페르제는 테일론 황실을 제외하고 순수하게 서열로만 따졌을 때 제국 내에서 열 손가락 안에 드는 세력가가 될 가능성이 컸다.

루틴 공작령은 과거 왕국이었고, 나라의 형태가 고스란히 남아 있었다. 또한 따르는 귀족들 역시 상당한 세력을 가지고 있어 욕심을 낼 만도 했다.

특히 페르제의 아버지 페르온은 제국 북부에 있는 영지의 사분의 일을 가지고 있으며, 인근 귀족들에게 막강한 영향력을 행사했다.

그 모든 세력을 고스란히 물려받게 되면서 제국의 공작이 될 사람이 바로 페르제였다.

페르제는 이제 제국 남부에 있는 구 왕국파의 귀족 세력까지 흡수하려 하고 있었다.

"너무 앞서 나가 생각하지 마."

"예?"

자신의 생각을 끊는 트라시온의 말에 루트는 잠시 멍한 표정을 지었다.

"너무 심각하게 생각하는 것 같은데, 지금 너는 그저 로열 아카데미의 학생일 뿐이야. 기껏해야 학생회 부회장이고, 내년에 졸업할 상급생이란 말이다."

"하지만 페르제가 학생회장이 된다면 아카데미 학생들의 상당수가 구 왕족파 귀족들이 될지도 모릅니다."

"그건 네 생각일 뿐이지."

트라시온은 잠시 귀여운 장난감을 보는 듯한 표정을 짓더니 곧 피식 웃었다.

"뭔가 계획이 있으십니까?"

"글쎄? 나도 딱히 계획은 없어. 하지만 그들의 생각대로 되지는 않을 거야."

"너무 긍정적인 것 같습니다만."

트라시온은 몸을 깊숙이 파묻고 있는 소파에서 일어섰다.

"그 친 황제파니 친 귀족파니 구 왕족파니 하는 것도 다 먹고살 만하니까 떠들어대는 거야."

"그, 그렇긴 합니다."

트라시온은 빙긋이 웃으며 손가락을 까딱거렸다.

"난 졸업하면 그 귀족들 뱃살에 낀 기름기부터 제거할 생각이거든."

루트는 도무지 영문을 알 수 없었다.

"한마디로 애들 놀이는 애들끼리 알아서 하게 놔두라고."

트라시온의 말은 더 이상 자신이 나서지 않겠다는 말과 다름없었다.

루트는 잠시 고민하다 조심스럽게 말했다.

"그럼 레인은 어떻게 하실 겁니까? 적어도 로헬 백작 가문은 황실이 끌어들여야 하는 것 아닙니까?"

"그거야 당연한 소리지. 이 테일론 제국을 만든 게 누군데. 바로 칸젤 아저씨 아니야."

다른 귀족들이 듣는다면 충격에 빠질 만한 이야기였다.

하지만 루트 역시 동의한다는 듯 고개를 끄덕였다.

로헬 백작 가문의 힘이 아니었다면 이 테일론 제국이 만들어지지 못했을 게 분명했다.

어쩌면 대륙의 수많은 왕국들은 아직도 전쟁을 벌이고 있을지도 몰랐다.

루트는 자신만만한 트라시온의 말에 안심했다.

"이미 손을 쓰셨군요."

"아니. 전혀."

너무도 태연한 대답이었다.

"아무것도 하지 않고 있다가 다른 귀족들이 레인을 건드리면 어떻게 하시려고."

"풋, 구 왕족파가 레인을 끌어들일 리 없잖아?"

따지면 철천지원수나 다름없는 게 로헬 백작 가문이었다.
"그리고 레인에 대해 파악하고 있는 건 페르제 정도? 그 외에는 아직 모르고 있을걸."
"만약 제가 그를 끌어들이면 어떻게 하실 겁니까?"
"넌 괜찮지. 어차피 내 참모니까."
"하아."
한을 담은 한숨을 푹푹 내쉬는 루트였다.
"하지만 레인은 결국 나한테 오게 되어 있어."
트라시온의 미소가 왠지 사악하게 느껴지는 루트였다.

* * *

"누가 내 이야기 하나?"
레인은 인상을 쓰며 귓구멍과 손가락을 마찰시켰다.
이제 좀 적응이 되어가는 상황이다.
행정학부는 의외로 할 게 없었다.
그 이유는 여러 가지가 있었는데, 우선 귀족들이 보는 행정 업무가 많지 않아서였다.
자잘한 계산이나 형식 같은 건 행정관들이 다 처리를 한다.
귀족은 그게 법적으로 문제가 되지 않는지를 확인하고 서류에 서명만 한다. 그게 이득이 되느냐 아니냐는 건 나중의 일이었다.
 또 하나는 행정학부가 주가 아니라는 점이었다.
 우선 아카데미에는 기사학부와 마법학부가 있었고, 행정학부 외에도 역사, 철학, 인문 등을 포함한 계열과 농사, 광산, 어업, 상업 등 특수한 학부도 있었다.
 그러다 보니 행정학부의 메리트는 낮았다.
 다른 공부를 하면서 귀족으로서의 최소한의 소양을 쌓는 곳이라 생각해 최우선으로 하는 경우는 없었던 것이다.
 레인은 어려서부터 무공 수련만 했기에 이런 부분에 대해서는 잘 몰랐다. 그래서 행정학부 쪽만 공부한다고 신청한 것이 시간을 넉넉하게 만들었다.
 '오히려 다행이라고 할까?'
 이제야 학교생활에 여유가 보이는 것 같았다.
 레인은 잠을 자기 위해 몸을 뒤척이다 콘티엘을 보았다.
 많이 늦은 시간임에도 등잔을 켜놓고 열심히 공부하고 있었다.
 옆에서 코까지 골며 자고 있는 홀스와는 너무 달라 보였다.
 레인은 잠이 오지 않아 무심코 콘티엘을 불렀다.
 "뭘 그렇게 열심히 공부하는 거야?"
 갑작스러운 질문 때문인지 콘티엘은 깜짝 놀랐다.
 "아, 이건 마법 응용학인데, 낮은 서클의 마법으로 다양한

효과를 내는 방법에 대해 보고 있어."

콘티엘은 부끄러운지 머리를 긁적거리다가 곧 자신이 배우는 것에 대해 떠들기 시작했다.

"정말 신기해. 나는 마법으로 단순히 물을 끓이거나 이런 걸 생각했는데, 책에 보면 마법 조합으로 안전하게 광산을 파는 것도 나와."

"호오, 그래?"

레인이 놀라는 표정을 짓자 콘티엘은 신이 났다.

"거기다 탐색 마법으로 특정 약초를 찾는 법도 있고, 라이트 마법으로 농작물을 빨리 키우는 방법도 있어."

그렇게 한참을 떠들던 콘티엘은 갑자기 고개를 숙였다.

"지금은… 마나를 다룰 수 없어 실습에서 뒤지기 때문에 우선 이론이라도 완벽하게 하려고."

"그것도 나쁘진 않지."

레인이 그렇게 말할 때, 자는 줄 알았던 홀스가 눈을 떴다.

"레인 너, 마법사라면서?"

너무도 뜬금없는 말에 콘티엘이 다급히 물었다.

"너, 마법사였어?"

"아, 아니. 누가 그래?"

레인이 고개를 흔들며 부정했다. 하지만 홀스는 확신을 가진 모양이었다.

"클레이븐 선배가 너보고 마법사라고 하던걸?"
"하하, 하하하! 그럴 리가 있나."
레인의 등 뒤로 식은땀이 흘렀다.
클레이븐은 자신이 보낸 전음이 메시지 마법인 줄 알았다. 하지만 굳이 설명하지 않았으니 마법사란 오해를 받아도 할 말이 없었다.
홀스는 자리에서 일어나 레인에게 다가왔다.
"아냐, 솔직히 의심스러워."
"뭐가?"
레인은 억지로 태연한 표정을 지었다.
"내 기억에 난 상당히 심한 부상을 당했어. 그런데 아침이 되니 말끔히 나아 있었지."
"그래, 그때 네 몸을 만지고 치료한 건 레인이었어."
콘티엘까지 그때의 상황을 설명하며 나섰다.
"그건 단지 피로를 풀게 하는 마사지였을 뿐이야."
물론 레인의 내공이 더 큰 영향을 끼쳤지만 어쨌든 겉으로는 그게 사실이었다.
홀스가 눈을 부라렸다.
"정말 마법을 모른단 말이야?"
"아니, 그건 아니지만……."
레인은 난감한 표정을 지었다.

자신을 드러낼 필요는 없지만 그렇다고 거짓말하고 싶지는 않았다.
적어도 친구들 앞에서는 말이다.
결국 레인은 고개를 끄덕일 수밖에 없었다.
"휴우, 그래, 난 마법을 쓸 수 있어. 물론 아주 간단한 게 전부지만."
"그럼 나… 도와주면 안 돼?"
콘티엘이 절박한 표정으로 말했다.
잠시 고민하던 레인은 고개를 저었다.
"그럴 순 없어. 마법이란 누가 도와준다고 배울 수 있는 게 아니니까."
충격을 받은 듯 콘티엘의 표정이 굳어졌다.
"어떻게 그렇게 말할 수 있어?"
홀스가 화를 내자 콘티엘이 손을 저었다.
"아냐. 레인의 말이 맞아."
"하지만……."
홀스는 안타까움을 느꼈다.
자신도 신분이라는 넘을 수 없는 벽을 보고 좌절했었다.
지금이야 어느 정도 마음을 정리했지만 당시는 정말 힘들어서 몇 번이고 자신을 학대하기도 했다.
콘티엘의 심정도 그때와 다르지 않으리라.

홀스가 콘티엘의 편을 들고 나서는 건 그런 이유에서였다.

"나는 마나 친화도가 거의 없어. 그러니 레인이 도와준다고 해도 방법이 없을 거야."

절망에 빠진 콘티엘의 말에 레인이 고개를 저었다.

"마나는 그런 게 아니야."

"그게 무슨 소리야? 마나 친화도가 낮으면 마법을 익히기 힘들다는 교수님 말씀이 틀렸다는 거야?"

"그 말은 맞지만 마나는 네가 생각하는 그런 게 아니야."

뭔가 의미가 혼란스러운 말이었다.

레인은 한숨을 내쉬며 침대에서 몸을 일으켰다.

어지럽던 방 안의 분위기가 순식간에 가라앉았다.

"우선 오늘 있었던 일을 비밀로 하겠다고 맹세해. 그럼 설명해 주지."

콘티엘과 홀스는 잠시 서로를 쳐다보다 레인을 향해 시선을 돌렸다.

항상 여유롭던 표정이 더없이 진지했다.

장난이 아닌 것이다.

결심한 듯 콘티엘이 말했다.

"마법을 쓸 수만 있다면 맹세가 아니라 더한 것도 할 수 있어."

"그런 건 귀찮고, 비밀을 지키겠다는 맹세만 하면 돼."

콘티엘은 고개를 끄덕인 뒤 심호흡을 했다.

"나 콘티엘 프롬핀은 오늘 있었던 일에 대해 결코 말하지 않겠다. 내 이름에 대고 맹세한다."

레인이 쳐다보자 홀스는 한숨을 내쉬었다.

맹세란 가볍게 할 수 있는 게 아니었다. 하지만 콘티엘을 위해서라면 어쩔 도리가 없었다.

"나 홀스타인 론 반쉬는 오늘 있었던 일에 대해 결코 말하지 않겠다. 말하면 내가 개자식이다."

그 황당한 맹세에도 웃는 사람은 없었다.

"좋아, 오늘 내가 하는 이야기가 너에게 도움이 될 수도 있고 안 될 수도 있어. 여기서 어느 정도를 얻을지는 네가 하기 나름이야."

레인의 말에 콘티엘은 바짝 긴장했다.

그건 레인 역시 마찬가지였다.

어머니 세이렌에게 무공을 배우고, 아버지 칸젤에게서 마법을 배웠다.

둘 다 배우고 나니 뭔가 어렴풋이 느껴지는 게 있었다.

확실한 것이라고는 할 수 없지만 적어도 남들이 알아서는 곤란했다.

레인이 물었다.

"콘티엘, 네가 생각하는 마나는 뭔데?"

"그야… 모든 것을 초월한 힘이지. 자연의 법칙을 거스르고, 힘으로 나타나는 그런 거…….."

자신없는 목소리였다.

"마나는 그저 존재하는 거야. 단지 의지에 반응해 발현될 뿐이지."

"의지에… 반응해 발현된다?"

"그래. 친화도니 뭐니 그런 건 중요하지 않아."

레인은 그렇게 말하며 손바닥을 내밀었다.

"잘 봐. 라이트."

손바닥을 중심으로 공기가 모여들었다.

번쩍.

환한 빛이 순간적으로 방 안을 비추었다. 하지만 나타날 때처럼 갑작스럽게 사라져 버렸다.

"이걸 설명해 봐."

레인의 뜬금없는 주문에 콘티엘은 당황해했다.

"그, 그게 그러니까, 마법 수식을 외우고 그 계산의 형태에 맞게 마나를 모아 배치를 한 다음, 마지막 답인 주문을 외치면……."

"아냐. 그런 게 아냐. 네가 말한 건 단지 이론일 뿐, 실제는 전혀 달라."

레인은 답답함을 느꼈다.

마법과 무공은 유사한 데가 있었다.

우선 무공은, 신체의 움직에 집중할 수 있는 정신력과 의지에 따라 움직이는 내공, 그리고 두 개를 조합시켜 드러낼 수 있는 육체의 조화를 중시한다.

마법은 어떤 상황에서도 정확한 계산을 할 수 있는 정신력과 의지에 따라 끌어낼 수 있는 마나, 그리고 그 두 가지를 마찰시켜 현실에 끌어내는 주문이 있다.

스펠이니 캐스팅이니 시동이니 하는 건 사람에 따라 다른 표현일 뿐, 자신이 생각하는 요점은 그랬다.

무공이나 마법이나 겉으로 드러나는 결과만 다를 뿐, 어떻게 보면 같은 방식이라고 할 수 있었다.

"우선 마법을 발현시키기 위해서 뭐가 필요하지?"

실제로 해본 적이 없기에 콘티엘은 대답할 수 없었다.

"마법 수식, 마나, 그리고 주문이야. 아주 간단하지."

"알았어."

레인은 자신이 생각하는 마법에 대해 설명했다.

마법의 성격과 형태를 결정하는 마법 수식, 그걸 힘의 형태로 만들어주는 마나, 두 개를 합쳐서 발현시켜 주는 주문.

단순한 내용이었지만 몇 번이고 반복되는 설명에 홀스는 손을 들고 말았다.

"내 머리가 터질 것 같아."

홀스는 침대를 향해 몸을 던졌다. 그리고 이불을 머리까지 끌어올리며 소리쳤다.

"맹세는 지킬 테니까 그건 너희끼리 알아서 하라고!"

레인과 콘티엘은 피식 웃음을 터뜨리고 말았다.

아침 해가 뜰 때까지 레인의 강의는 계속되었다.

그럼에도 콘티엘은 단 한 번도 마법을 성공시킬 수 없었다.

충분히 이론 공부를 했기에 기초 마법에 대한 수식은 달달 외우고 있었다.

하지만 마나를 느끼지 못하는 이상은 답이 없었다.

레인은 답답한 마음에 콘티엘의 손을 잡았다.

"내가 필요한 마나를 보내줄게. 한번 해봐."

"그게… 가능해?"

"가능하느냐고 묻기 전에 가능하다고 생각해."

레인의 그 말이 콘티엘의 가슴을 울렸다.

"고마워."

"그런 말 하지 말고 집중해."

레인은 콘티엘의 손목을 따라 내공을 조금씩 흘려 넣었다.

하지만 뭔가가 이상했다.

레인은 곧 눈을 크게 떴다.

"하아아! 미치겠군."

레인은 몇 번이고 한숨을 내쉬었다.

안 그래도 콘티엘이 조금 이상하다고 생각했었다.

그건 클레이븐이 뿜어냈던 투기를 눈으로 봤다고 했을 때 느꼈던 것이다.

그런데 이유가 있었다.

"절맥, 절맥이란 말이지."

레인은 답답한 마음에 머리를 박박 긁었다.

절맥이란 맥이 끊긴 것을 말한다. 하지만 맥이 완전히 끊어지면 사람은 죽는다.

즉, 절맥이란 완전히 끊긴 게 아니라 끊어져 가는 현상을 말했다.

흔히들 무림에서 구음절맥이니 구양절맥이니 하는 것도 마찬가지였다. 그 체질을 타고나면 서서히 혈맥이 막히거나 끊어져 젊은 나이에 죽고 마는 것이다.

대신 장점도 있었다.

신체 곳곳으로 퍼져야 할 피가 머리로 몰리기 때문에 뇌의 발전이 남들보다 빨랐다.

한마디로 병약한 천재가 되는 것이다.

콘티엘이 이런 경우였다. 하지만 그 증상은 심하지 않아 젊은 나이에 죽을 정도는 아니었다.

레인은 고민에 빠졌다.

"대체 절맥과 마나를 받아들이지 못하는 게 무슨 상관이 있는 건지 모르겠군."

어머니 세이렌에게서 당문의 무공과 의술을 배웠기에 절맥의 일종이란 건 알았다. 하지만 의술의 경우 그리 심도 깊게 배우진 못해 정확한 건 알 수 없었다.

레인은 한참 동안이나 생각하다 결국 포기하고 말았다.

사실 콘티엘이 마법을 가르쳐 달라고 했을 때 단번에 거절할 생각이었다.

세이렌은 분명 이렇게 말했다.

"무공은 함부로 가르쳐 주는 것이 아니란다. 좋은 의도에서 한 일도 나쁜 결과를 가져올 수 있기 때문이지."

사람은 힘을 얻게 되면, 정확히 말해 자신의 힘에 취하게 되면 모든 것을 힘 위주로 생각하게 된다.

심성이 착한 사람도 그렇게 되면 마성에 빠진다고 했다.

마공이 위험한 건 그런 이유라나?

어쨌든 쉽게 힘을 얻을수록 그 당사자에게는 좋지 않았다.

무공이나 마법이나 모두 마찬가지였다.

처음에 거절한 것도 그런 생각에서였지만 잠시 생각해 보니 그건 아니었다.

어차피 마법이란 가르쳐 준다고 할 수 있는 게 아니었다. 그리고 콘티엘의 경우 마법을 가르쳐 주는 게 아니라 할 수 있게 도와주는 거였다.

'친구를 위해서 그 정도는 괜찮겠지.'

그렇게 생각했던 게 지금 극심한 두통을 부르고 있었다.

이제 와서 안 된다고 할 수 없으니 어떻게든 방법을 찾아야 했다.

"하아아!"

레인은 한숨을 내쉰 뒤 자신의 머릿속 어딘가 있는 절맥에 대한 부분을 열심히 뒤졌다.

"절맥과 마나라······."

레인은 해가 지고 저녁이 되어서야 겨우 해답을 찾을 수 있었다.

"콘티엘의 몸은 피가 통하는 혈맥이 남들보다 좁아. 그래서 마나를 받아들이지 못해."

사람의 몸이란 참 신기하다고 할 수 있었다.

아마 콘티엘의 경우 혈맥이 좁기에 신체 자체가 마나를 받아들이는 걸 거부하는 것 같았다.

자신이 아주 적은 양의 내공을 주입했을 때, 콘티엘은 고통스러워했다.

억지로 참는 기색이 역력했지만 그대로 하다가는 팔목이

터져 버릴지도 몰라 멈췄었다.

"마나는 혈맥을 따라 흐르지. 피가 흐르기도 좁은 혈맥에 마나까지 스며든다면 신체가 버티질 못해. 그래서 콘티엘의 신체가 마나에 대한 친화도가 떨어지는 것이고."

레인은 자신의 판단이 확실한지 아닌지 판단을 내릴 수 없었다. 하지만 다른 방법이 없었고, 어느 정도는 가능할 것 같았다.

레인은 차근차근 혈맥을 넓힐 방법을 떠올렸다.

어차피 콘티엘은 노력파였다.

혈맥을 넓혀 마나을 느끼고 다스릴 수 있게만 된다면, 스스로의 힘으로도 충분히 원하는 수준에 도달할 수 있을 것 같았다.

"문제는 혈맥을 넓히는 일이 단기간에는 불가능하다는 건데……."

고민이 끝나고 결정이 내려졌다.

마침 수업이 끝난 홀스와 콘티엘이 방 안에 들어왔다.

"뛰어."

콘티엘은 레인의 명령에 어리둥절했다.

"뛰라고."

레인이 가리킨 건 옐로우 스톤 주위에 있는 커다란 운동장이었다.

콘티엘은 고개를 저으며 말했다.

"여길 뛰라고? 난 오래 달리지 못해."

"일단 뛰어봐."

"난 조금만 달려도 숨이 차."

레인은 차가운 표정을 지으며 내뱉었다.

"마법을 배우고 싶지 않은 모양이군. 고작 달리기도 못할 정도야?"

콘티엘의 얼굴이 굳어졌다.

홀스는 뭐라고 말하려다 레인의 눈빛에 입을 다물었다.

"쓰러지더라도 달려보고 쓰러져."

결심한 콘티엘은 운동장을 향해 걸음을 내디뎠다.

역시나 레인과 홀스가 예상한 대로 콘티엘의 체력은 최악이었다.

운동장이 넓다고는 하지만 어지간한 여자들도 서너 바퀴는 뛸 수 있을 정도였다. 그것도 전력질주가 아닌 상황에서 말이다.

콘티엘은 겨우 세 바퀴도 돌지 못하고 거칠게 숨을 내쉬었다.

"헉헉헉! 허억!"

그나마 독기가 남았는지 레인 앞에 와서 쓰러지고 말았다.

레인은 바닥에 쓰러진 콘티엘의 맥박을 잡았다.

'역시 내 생각대로였어.'

콘티엘이 오래 달리지 못하고 쓰러진 이유는 바로 불규칙한 맥박 때문이었다.

혈액이 한 번에 많이 흘렀다 적게 흘렀다 하기에 폐에 안정적인 혈액을 공급하지 못해서였다.

그 이유는 바로 절맥 때문이었다. 달리기를 하면서 혈액의 흐름이 빨라졌지만 틈이 좁은 혈관이 그걸 감당하지 못했던 것이다.

레인은 자신의 내공을 실처럼 가늘게 뽑아내 콘티엘의 몸속으로 집어넣었다.

내공은 좁아진 혈맥을 조금씩 두드렸다.

동시에 같이 스며들어 간 독기가 콘티엘의 몸속에 있는 불순물을 흡수하기 시작했다.

'내부를 한 바퀴 도는 데 이십 분이나 걸리는군.'

레인은 몸속으로 집어넣은 내공을 통해 콘티엘의 막힌 혈맥 대부분을 찾아냈다.

그건 상당한 집중력이 필요한 일이라 이마에 땀방울이 맺힐 정도였다.

옆에서 보는 홀스는 이해할 수 없다는 표정을 지었다.

겉으로 보기에 레인은 그저 콘티엘의 몸을 주무르고 있었다. 사랑하는 연인이 서로의 몸을 애무(?)하듯 섬세하게 문지르는 것이었다.

단지 그것뿐인데도 레인은 땀을 흘리고 있었다.

"흐음."

콘티엘이 정신을 차리더니 몸을 일으키려 했다. 하지만 힘이 빠졌는지 이내 휘청거리고 말았다.

레인은 단호하게 말했다.

"잠시 숨을 고르고 다시 뛰어."

"뭐? 또 뛰라고?"

"하기 싫으면 하지 마. 이건 내가 강요한 게 아니라 네가 한다고 한 거니까."

어떻게 보면 참 매정한 레인의 말이었다.

보다 못한 홀스가 나섰다.

"무리하지 마. 힘들면 그냥 쉬어."

콘티엘은 잠시 망설이다가 홀스와 레인을 번갈아가며 쳐다봤다.

레인이 고개를 저었다.

"뛸래."

콘티엘이 일어서자 홀스는 한숨을 내쉬었다.

"내가 같이 뛰어줄게."

콘티엘은 부들거리는 다리를 억지로 옮겼다.

잠시 몸이 개운해진 듯한 기분도 들었지만 역시나 콘티엘의 몸은 정직했다.

겨우 한 바퀴를 돌더니 그대로 쓰러지고 말았고, 이번엔 저녁 먹은 것까지 게워내고 말았다.

홀스는 콘티엘의 등을 두드리면서 레인을 쳐다봤다.

"너무하는 거 아냐?"

"절맥을 치료하는 게 쉬울 줄 알았어?"

"끄웁. 절맥? 그게 뭔데?"

콘티엘이 갑자기 묻자 레인은 아차 싶었다.

설명해 봐야 이해할 리가 없었다. 그리고 이해한다 하더라도 문제는 남았다.

자신이 어떻게 그걸 알아봤냐고 하면 곤란했다.

"뭐, 그런 게 있어. 자세한 건 알아봐야 피곤할 뿐이야."

레인은 홀스를 옆으로 밀어내고 콘티엘을 바닥에 눕혔다. 그리고 또다시 내공을 흘려보내며 몸 상태를 확인했다.

혈맥의 좁은 틈은 여전했다.

'이거 아무래도 시간이 상당히 걸리겠는걸.'

태어나서 지금까지 자라며 좁아진 혈맥이다.

단시간에 될 거라고 생각하진 않았지만 생각보다 오래 걸릴 것 같았다.

콘티엘은 레인의 손길이 닿은 부분이 잠시 시원해지는 걸 느꼈다.
 레인은 자신의 손에 콘티엘이 반응하는 느낌이 들어 혈을 짚었고, 곧 콘티엘은 시체처럼 잠들고 말았다.
 "그러니까 그 절맥이 뭐냐고?"
 홀스가 따지듯 묻자 레인은 조용히 설명했다.
 "따지면 병은 아니야. 타고나는 거니까. 그냥 남들보다 혈관이 좁다고만 알아둬."
 혈맥과 혈관은 미묘하게 달랐지만 홀스에게는 이 정도의 설명이 적당했다.
 "그거하고 마법하고 무슨 상관인데?"
 "콘티엘의 육체는 혈관이 좁아서 마나를 받아들이지 못한 거야."
 홀스는 이해할 수 없다는 표정을 지었지만 더는 묻지 못했다. 지금껏 감추고 있던 자신의 무식이 탄로 날까 봐서였다.
 하지만 나중에 콘티엘에게 전해주기 위해 몇 번이고 외우는 건 잊지 않았다.
 다시 십오 분 정도가 지나자 이제 해가 완전히 기울어 버렸다.
 곳곳에 있는 마법 조명들이 빛을 발하기 시작했다. 하지만 운동장을 돌기에는 충분하지 않았다.
 다시 깨어난 콘티엘은 레인을 쳐다봤다.

"정말 이렇게 하면 내가 마법을 배울 수 있을까?"
여전히 소심한 성격을 드러내는 말투였다.
레인은 고개를 끄덕였다.
"믿어, 믿으면 할 수 있어."
콘티엘은 천천히 몸을 일으키며 중얼거렸다.
"믿으면… 할 수 있다?"
레인은 다시 한 번 콘티엘의 등을 두들겼다.
"잠시 쉬었더니 몸이 개운해진 것 같아."
아주 조금이긴 했지만 레인의 내공을 통해 들어간 독이 몸속의 불순물을 빨아들였다.
그건 다시 레인의 몸으로 들어와 독기의 일부가 되었다.
"난 할 수 있어."
"그래, 넌 할 수 있을 거야."
홀스가 기운을 북돋아주었다.
막 달리기를 하려던 콘티엘이 레인에게 물었다.
"근데, 얼마나 하면 가능할까?"
"오늘처럼 뛴다면 한 석 달 정도?"
콘티엘의 얼굴이 노랗게 변했다.

CHAPTER 09
체로키와 싸우다

붉은색 장식으로 꾸며진 방 안.

방의 주인은 선명한 붉은 머리카락을 넘기며 오만한 표정을 지었다.

페르제는 푹신한 의자에 앉은 채 아래를 내려다봤다.

그의 앞으로 긴 탁자가 있었는데 대략 여섯 명의 청년이 좌우로 자리 잡고 있었다.

페르제의 옆에 선 하네스가 말했다.

"학기가 시작하고 두 달이 지난 지금, 현재 신입생들의 사분의 일 정도를 끌어들이는 데 성공했습니다."

페르제의 미간에 살짝 주름이 생겨났다.

"아직 그것밖에 안 되나?"

"이 정도면 충분한 성과라고 할 수 있습니다. 나름 영향력이 있는 자들을 위주로 했으니까요."

"그럼 나머지는?"

"우선 절반 정도는 아직 어떤 세력에도 소속되어 있지 않습니다. 정확히 말하면 세력이라 부르기도 민망할 정도입니다. 그리고 나머지는 도로시 공주 쪽에 붙었는데, 우리 세력과 비슷하다고 보시면 됩니다."

페르제는 천천히 고개를 저었다.

자신의 생각에 아직 많이 부족했다.

중급생과 상급생 중에는 테일론 황실에 충성을 맹세한 귀족 자제들이 많았다.

물론 친 귀족파와 구 왕족파의 세력은 비슷하지만 친 황제파의 대부분은 막강한 힘과 권력을 가지고 있었다.

"우리는 보다 우리 측 사람들이 많은 기사학부와 마법학부를 공략할 생각입니다. 그쪽의 상급생과 중급생들로 하여금 적극적으로 하급생들을 포섭하라고 일러놨습니다."

하네스의 말에 페르제는 다시 생각에 잠겼다.

학부에 속한 학생들은 그 선배들에게 많은 영향을 받게 되어 있었다.

특히 기사학부에서 가장 유명한 실력자 두 사람이 바로 자신의 측근이었다.
클레이븐과 요한센이 바로 그들이었다.
페르제는 입구 쪽에 서 있는 클레이븐을 쳐다봤다.
"클레이븐."
듣지 못했는지 클레이븐은 대답을 하지 않았다.
"클레이븐, 뭐 하나?"
"왜?"
귀찮다는 듯한 그 대답에 청년 하나가 인상을 찌푸렸다.
하지만 이 자리의 주인은 페르제였고, 그가 가만히 있는 이상은 나설 수 없었다.
"이야기는 들었겠지?"
한마디로 기사학부의 후배들을 끌어들이라는 의미였다.
클레이븐의 대답은 차가웠다.
"난 관심없다."
"뭐?"
"세력 다툼 따위는 너희들이 알아서 해라. 그리고… 더 이상 날 귀찮게 하지 마라."
클레이븐은 노골적으로 그들을 무시한 다음 밖으로 나가 버렸다.
그때 탁자에 앉아 있던 가르트가 벌떡 일어났다.

"페르제님이 앞에 계신데 어디서 감히 저런 건방진 태도를 보이는 거냐."

가르트는 일전에 있었던 일로 인해 클레이븐이 페르제의 부하라고 생각했다.

클레이븐은 문밖에서 그 소리를 들었다. 하지만 상대할 가치도 없다는 듯 그냥 걸음을 재촉했다.

"페르제님, 저런 녀석을 그냥 놔두실 겁니까?"

가르트가 동의를 구하듯 다른 청년들을 쳐다봤지만 그에 대꾸하는 이는 아무도 없었다.

"가르트, 너무 나서는 것 아니냐? 페르제님께서 말씀이 없으면 그것으로 된 거다."

하네스는 인상을 찌푸리며 짜증나는 투로 말했다.

기가 죽어버린 가르트는 슬그머니 고개를 숙이며 자리에 앉았다.

분위기는 다시 정리가 되었지만 페르제는 그렇지 않았다.

사실 클레이븐과 자신은 약간 복잡하지만 친척이라고 할 수 있었다.

아버지 페르온에게는 두 명의 아내가 있었다. 흔히들 후처라고 말하는 그 여자가 클레이븐의 작은이모였다. 즉, 클레이븐의 생모와 아버지의 후처는 자매지간인 것이다.

클레이븐이 어떤 세력에도 속하지 않으면서도 자신의 말

을 듣는 건 그런 이유에서였다.

"무슨 일 있었나?"

페르제의 말에 하네스가 조심스럽게 대답했다.

"그때 이후부터 저런 상태였습니다. 이전에는 무관심한 듯 거리를 두시던 분이 요즘은 부쩍 짜증을 내고 있습니다."

"그때라면……."

페르제는 클레이븐에게 신입생을 손봐주라고 했던 게 떠올랐다.

그건 여러 가지 의미가 있었다.

우선은 가르트 같은 이들에게 자신의 힘과 영향력을 보여줄 필요가 있었다. 또한 식당에서 트라시온에 의해 물러날 수밖에 없었던 자존심을 회복해야 했다.

"자세히 조사해 보도록 할까요?"

하네스의 말에 페르제는 고개를 저었다.

"놔둬라. 클레이븐도 고민이 있겠지. 그리고 앞으로 그런 일에 클레이븐을 부르지 마라. 그도 입장이 있으니까."

"알겠습니다."

"그건 그렇고, 내가 따로 조사해 보라고 시킨 거, 확실히 확인했나?"

"예."

하네스는 고개를 끄덕인 뒤 서류를 읽었다.

"이름, 레인 반 로헬. 현재 나이 19세. 로헬 백작 가문의 계승자이며 특별히 드러난 행적은 없습니다."

"없다고?"

"예. 10세 이전에는 간혹 테일론 황실에 출입한 기록이 있습니다만, 그 이후 어떤 공식 행사에도 나타나지 않았다. 또한 모든 것이 베일에 가려져 있어 지닌 실력조차 파악할 수 없었습니다."

페르제는 이해가 안 된다는 듯 머리를 흔들었다.

하네스는 무척 치밀하게 일을 진행했다. 조사를 하게 되면 남들 이상으로 철저하게 알아오는 것이다.

그런데도 흔적을 찾지 못했다고 한다.

"흐음, 역시 로헬 백작가인가?"

페르제는 천천히 고개를 끄덕이며 생각에 잠겼다.

"지금은 어떻게 하고 있느냐? 누군가와 접촉한다던가 은밀히 세력을 모으고 있다던가."

"그게… 아무것도 하고 있지 않습니다."

"뭐?"

페르제는 믿기지 않는다는 표정을 지었다.

"신기하게도 행정학부에선 공부만 합니다. 아침에 기숙사를 나서면 행정학부로 들어가고 오후의 대부분은 도서관에서 보냅니다. 그리고 저녁 식사 후, 유일하게 어울리는 기숙사

룸메이트들과 운동장을 나섭니다."

"운동장에서 뭘 하는데?"

"콘티엘이란 친구가 있는데, 그의 운동을 도와준다고 합니다. 들기로 매일같이 마사지를 해주는 게 전부였습니다."

하네스가 그 외에 몇 가지 추가 사항을 이야기했지만 크게 문제가 될 건 없어 보였다.

"당분간은 그의 행적을 관찰만 하도록. 어차피 지금은 손을 쓸 수 없으니까."

페르제는 일단 레인에 대한 관심을 정리했다.

로헬 백작 가문의 아들이라도 보고처럼 행동한다면 크게 걱정할 필요가 없다는 생각에서였다.

'학생회장이 되면 그때 손을 쓰자.'

곧 하네스가 다른 안건에 대해 보고하기 시작했다.

* * *

"으아아악!"

클레이븐이 괴성을 지르며 앞으로 달려들었다.

손에는 무쇠로 만든 몽둥이가 들려 있었는데, 클레이븐은 미친 사람처럼 그걸로 벽을 두들겨 댔다.

콰앙! 쾅! 쾅!

돌조각이 튀고 먼지가 피어났다.

클레이븐은 멈추지 않았다.

마치 분풀이를 하듯 성난 놀림에 벽은 제 형상을 잃어버리고 말았다.

"그만!"

갑자기 들린 외침이 클레이븐을 멈추게 했다.

클레이븐은 천천히 고개를 돌렸다.

수련장의 입구에 서 있는 건 로열 아카데미의 기사단장 체로키 반 스펜타임이었다.

"지금 뭐 하는 짓이냐?"

체로키의 꾸짖음에 클레이븐은 입을 다물었다.

클레이븐의 상심한 표정을 보니 뭔가 일이 있는 것 같았다.

"무슨 일이 있는 것이냐?"

"죄송합니다."

"죄송하다? 그럼 말해봐라. 대체 무슨 일이냐?"

클레이븐은 무릎을 꿇었다.

"졌습니다."

체로키는 이해가 안 된다는 듯 고개를 갸웃거렸다.

아카데미 학생들 중에서 클레이븐을 이길 자는 거의 없었다. 아니, 운 좋게 이긴다고 하더라도 클레이븐을 저렇게 괴롭게 만들 사람은 없었다.

더욱이 체로키는 클레이븐의 진짜 실력을 알고 있는 몇 안 되는 사람이었다.

체로키는 아카데미 학생들 중에 괜찮은 녀석이 있으면 제자로 삼으려고 했다. 그래서 몇몇 학생들에게 자신이 아는 걸 조금씩 가르쳤는데 그중 클레이븐의 실력이 최고였다.

나중에 클레이븐이 졸업하게 되면 정식 제자로 받아들일 생각까지 하고 있는 참이었다.

체로키는 호기심을 느꼈다.

"그 상대가 누구냐?"

"말할 수 없습니다."

"부끄러워서 그러는 모양이구나."

"그날 있었던 일에 대해 절대 말하지 않기로 그와 약속했습니다."

"하긴 남자라면 당연히 약속은 지켜야지."

체로키는 그렇게 말하며 고개를 끄덕였다. 하지만 그 직후 표정을 바꾸어 다시 물었다.

"난 그날 일을 묻는 게 아니다. 단지 그 녀석의 이름만 알고 싶을 뿐이야."

순간 클레이븐은 멍한 표정을 지었다.

가만히 생각해 보니 체로키의 말이 맞았다. 그렇게 따진다면 레인의 이름을 말해도 약속은 지켜지는 것이다.

클레이븐이 고민하자 체로키는 살살 구슬리기 시작했다.
"넌 조만간 내 제자가 될 녀석이다. 그러니 너의 마스터로서 그 정도 묻는 게 뭐가 문제가 되겠느냐?"
"예? 마스터요?"
클레이븐이 순간 당황해했다.
비록 체로키가 이런 곳에서 기사단장을 하고 있었지만 자신이 알기로 엄청난 실력자였다.
정확한 수준은 몰랐지만 최소 5클래스의 기사는 되는 것 같았다.
클래스 타워의 기준으로 5클래스의 기사는 소드 오러를 능숙하게 다룰 수 있으며, 익힌 검술과 개인의 수준에 따라 잠깐이지만 오러 블레이드도 만들어낼 수 있었다.
체로키가 5클래스라면 자신은 이제 겨우 3클래스 수준에 불과했다.
한마디로 엄청난 차이가 있는 것이다.
그런 체로키가 자신을 제자로 삼는다고 한다.
클레이븐은 체로키 같은 기사를 마스터로 모실 수 있다고 생각하자 마음이 흔들리고 말았다.
"그 친구의 이름은……."
"그래, 이름은?"
클레이븐은 잠시 주저하다 결심한 듯 말했다.

"레인이라고 합니다."

"레인? 레인이라고?"

체로키는 레인의 이름을 듣고 고개를 갸웃거렸다.

어딘가 기억이 날 듯 말 듯한데 확실하게 떠오르지는 않았다. 하지만 완전히 모르는 이름은 아닌 것 같아 다시 클레이븐에게 물었다.

"기사학부에 그런 녀석이 있었나?"

클레이븐은 고개를 저었다.

"제가 알기로 행정학부라고 합니다."

"행정학부 녀석한테 졌단 말이냐? 그게 말이 돼?"

체로키의 말에 클레이븐은 한숨을 내쉬었다.

"일단 알았다. 그리고… 아직 넌 젊어. 싸우다 보면 이길 때도 있고 질 때도 있는 법이거늘, 한 번의 패배에 너무 고민하지 말거라."

체로키의 위로에도 클레이븐의 얼굴은 나아지지 않았다.

"패배 때문이 아닙니다."

"그럼?"

"제가 괴로워하는 건……."

클레이븐은 당장에라도 울 것 같은 표정을 지었다.

"제가 그 녀석의 공격을 한 번도 막지 못했기 때문입니다."

체로키는 도무지 그 말을 믿을 수 없었다.

*   *   *

"헉헉! 다 돌았다."

콘티엘은 잔뜩 지친 모습으로 바닥에 드러누웠다.

벌써 두 달이 지나 한 학기가 마무리되는 시점이었다.

꾸준한 노력 탓인지 콘티엘은 이제 운동장 스무 바퀴를 돌고도 토하지 않았다.

방금은 무려 스물네 바퀴를 돌았다.

레인은 쓰러진 콘티엘의 몸속으로 내공을 밀어 넣었다.

두 달 동안 달리기를 한 결과, 절맥의 증상으로 좁아졌던 혈관이 많이 늘어나 있었다.

'이대로만 간다면 머지않아 체질이 바뀌겠군.'

레인은 추궁과혈을 마치고 몸을 일으켰다.

콘티엘은 자신의 몸이 변하고 있다는 사실을 누구보다 잘 알고 있었다.

레인의 손가락이 닿자 그 부분에 시원한 느낌이 들고 개운했다. 거기다 예전에는 이만큼 달린다는 게 꿈만 같았지만 지금은 엄연한 현실이었다.

다시 몸을 일으킨 콘티엘이 레인을 쳐다봤다.

"고마워. 모두 네 덕분이야."

"달리는 건 너라고."

레인은 그렇게 말하며 고개를 돌렸다.

옆에서 지켜보던 홀스는 피식 웃더니 달려가는 콘티엘을 쫓았다.

홀스는 콘티엘을 격려 차 같이 뛰어줬다. 그러다 보니 원래부터 무식하던 체력이 더욱 좋아졌고, 레인에게 콘티엘이 받는 마사지를 해달라고 졸랐다.

"아아, 귀찮아. 귀찮다고."

레인은 그렇게 말하면서도 가끔 홀스의 몸을 만져 주었다.

그제야 홀스도 콘티엘이 기를 쓰고 달리는 이유를 알 듯했다.

레인이 운동장을 달리고 있는 두 사람을 보고 있을 때였다.

"너로구나."

갑자기 들린 목소리에 레인은 고개를 돌렸다.

홀스를 능가하는 무식한 체격이 그늘을 만들고 있었다.

아카데미의 오우거 체로키였다.

"네가 레인이구나. 잠깐 이야기 좀 할까?"

"저에게 볼일이 있으십니까?"

레인이 반문하자 체로키는 하얀 이를 드러내며 웃었다.

그때 한 바퀴를 돌고 온 홀스가 다가왔다. 그리고 체로키를 보고 깜짝 놀라고 말았다.

체로키는 기사학부에서 상위의 코스를 가르치는 교수 중

하나였다. 그것도 아주 무시무시한 괴롭힘으로 학생들 스스로 포기하게 만드는 그런 교사였다.

홀스는 본능적으로 고개를 숙였다.

"교수님, 안녕하십니까?"

"아, 그래. 알았으니까 넌 계속 달려."

체로키는 귀찮은 듯 건성으로 대답한 뒤 손가락으로 운동장을 가리켰다.

홀스는 대꾸도 못하고 다시 앞으로 달려갔다.

"클레이븐이라고 아느냐?"

레인은 순간 흠칫했지만, 클레이븐이 약속을 지켰을 거라고 믿었다. 자신의 눈이 틀리지 않았다면 말이다.

"왜 그러십니까?"

"아, 별건 아니고, 네 실력 좀 확인해 보고 싶어서 그런다."

"저는 기사학부 학생이 아닙니다."

레인이 거부의 뜻으로 말하자 체로키가 검을 빼 들었다.

"여기서 해보겠다면 말리지 않으마."

말이 끝남과 동시에 체로키가 움직였다.

환한 빛과 함께 검이 솟아오르더니 레인의 가슴을 노렸다.

너무도 갑작스러운 기습.

하지만 레인은 슬쩍 옆으로 움직이는 것으로 공격을 피해 버렸다.

"호오, 역시 맞았어."

체로키는 공격 실패에 대한 생각은 버리고 레인의 움직임에 진심으로 감탄했다.

"대체 왜 이러시는 겁니까?"

"왜 이러다니?"

체로키가 모르는 척하자 레인은 살짝 인상을 찌푸렸다.

"이놈이 어디 감히 어른이 말하는데 인상을 써? 칸젤 형님이 그렇게 가르치더냐?"

순간 레인은 멍한 표정을 지었다.

"아버지를… 아십니까?"

"아차차, 나도 모르게 그만."

체로키는 다급히 손으로 입을 막다가 혹시나 들은 사람이 있는가 싶어 주위를 둘러봤다.

다행히 홀스와 콘티엘은 저 멀리서 달려오고 있었다.

"아무래도 여긴 이야기하기 불편하니 일단 따라와라."

체로키가 앞장섰다.

레인은 잠시 고민하다 체로키의 뒤를 쫓았다.

체로키는 엘로우 스톤의 한쪽에 있는 수련장으로 들어갔다.

레인은 혼란스러움을 느꼈다.

아버지 칸젤, 클레이븐, 그리고 체로키의 관계를 도무지 파악할 수 없었다.

칸젤이 대략적으로 어떤 일을 했다는 건 알았지만 구체적인 건 몰랐다.

'혹시 그때였나?'

레인은 억지로 기억을 더듬었다.

어릴 때 아버지가 친구라고 하며 여러 아저씨들을 데리고 왔었다. 하지만 아무리 생각해도 그 사람들 중에 체로키는 없었던 것 같았다.

칸젤의 나이는 올해 육십이었다.

체로키는 서른 후반에서 마흔 살 정도로 보였으니 뭔가가 맞지 않았다.

수련장 안에 들어간 체로키는 곧바로 검을 뽑았다.

"그래, 실력이 얼마나 대단한지 보자. 어설프게 대응했다간 제법 아플지 모르니 단단히 준비해야 할 거다."

"아니, 그전에 할 이야기가… 이크!"

레인은 허리를 뒤로 젖혔고, 거의 동시에 얼굴 앞으로 검이 지나갔다.

"피하기만 해서는 안 될 거다."

체로키는 다짜고짜 말도 없이 검을 휘둘렀다.

레인은 연거푸 뒤로 물러나며 몸을 비틀었고, 검은 간발의 차이로 스치고 지나갔다.

"대체 왜 이러시는 겁니까?"

"실력을 보고 싶어서지."

체로키는 날 때부터 기사였던 탓인지 말보다 몸으로 대화하는 걸 좋아했다.

하지만 이건 정말 경우가 아니었다.

부우웅!

체로키의 검이 바닥을 낮게 쓸자, 레인은 몸을 뒤집으며 높게 뛰어올랐다.

공중에서는 방향을 바꿀 수 없었다. 그 때문에 기사들은 가급적 상대의 공격을 점프해서 피하지 않았다.

체로키는 씨익 웃으며 레인이 떨어질 위치로 향했다.

이번에는 제압할 수 있을 것 같았다.

그때 정점에 오른 레인이 발끝으로 천장을 툭 차버렸다.

순식간에 떨어지는 방향이 바뀌었다.

체로키는 얼굴에 있던 여유가 사라졌다.

"그만하시죠."

뒤에서 들리는 목소리에 체로키는 인상을 찌푸렸다.

레인의 손에 들린 딱딱한 뭔가가 등을 누르고 있었던 것이다.

"그런 잔재주로 날 어찌해 보겠다는 생각은 버려라."

체로키는 몸을 숙이며 오른쪽으로 회전했다. 동시에 뒤쪽을 향해 사선으로 검을 휘둘렀다.

오른쪽 무릎 아래서 올라오는 검은 막기 어려웠다.

순간 레인의 몸이 흐릿해졌다.

체로키는 자신의 검에 걸리는 느낌이 없자 서둘러 레인을 찾았다.

"지금 뭐 하는 겁니까?"

레인의 목소리는 또다시 등 뒤에서 들렸다.

체로키는 훌쩍 앞으로 움직여 거리를 벌렸고, 재빨리 몸을 돌렸다.

"솔직히 말하면 처음엔 못 알아봤지. 이름을 듣고도 확신을 가질 수 없었어."

체로키가 웃으며 말했다.

레인은 체로키에 대한 판단을 내릴 수 없었다.

칸젤과 세이렌에게는 적이 많았다. 그리고 그 적들이 레인을 노릴 수도 있다고 했다.

체로키가 아버지를 형님이라고 한 걸 보면 적은 아닌 것 같았지만 확신은 할 수 없었다.

"그거, 염색한 거지?"

레인이 흠칫하자 체로키는 고개를 끄덕였다.

"역시, 맞구나. 레인, 레인 반 로헬."

"누구십니까?"

레인의 몸에서 날카로운 기세가 뿜어져 나왔다.

그 차갑고도 섬뜩한 기운은 수련장을 가득 메웠고, 순간 체로키의 몸을 떨리게 만들었다.

체로키가 검을 고쳐 잡았다.

은은한 황금실 한 가닥이 검을 휘감았다. 곧 실의 숫자가 늘어나더니 검 전체가 빛을 내었다.

경지에 이른 기사들만이 가능하다는 소드 오러였다.

"이걸 막는다면 아마 알 수 있을 거다."

체로키는 한 발 앞으로 나가며 검을 내리그었다.

순간 레인이 그 자리에서 주저앉았다 일어섰다. 그러자 발목에서 머리 위로 두 개의 붉은 선이 허공에 그려졌다.

교차된 붉은 선과 황금빛이 부딪쳤다.

콰아아앙!

레인의 상체가 휘청거렸고, 체로키는 두 걸음이나 물러났다.

체로키는 물러날 때보다 빠르게 돌진했다.

분명 검은 하나였는데 좌우에서 동시에 찌르기를 펼치는 것 같았다.

차창!

레인의 손에서 이어진 붉은 빛이 두 공격을 튕겼다.

'이건?'

본능적으로 막았음에도 레인은 깜짝 놀랐다.

어딘가 익숙했다.

"이것도 막아봐라."

체로키의 검이 흐느적거렸다. 그러자 실체인지 잔상인지 구분할 수 없을 정도로 헷갈리기 시작했다.

레인은 순식간에 여러 개로 갈라진 검을 보며 자신도 모르게 자세를 잡았다.

여섯 개의 붉은 빛이 번쩍하고 나타났다 사라졌다.

카가가가강!

체로키는 손목에서 느껴지는 통증에 인상을 썼다. 하지만 환하게 웃더니 다시 소리쳤다.

"이걸 막으면 인정해 주마."

체로키의 몸에서 엄청난 살기가 피어났다. 동시에 검을 휘감고 있는 오러가 한층 짙어졌다.

체로키가 한 발 내딛는 순간 그의 몸이 갈라졌다.

'미러 이미지?'

레인은 순간 당황했다.

두 명의 체로키가 좌우에서 달려들며 검을 흔들었다.

수십 개의 검이 레인의 몸을 뚫기 위해 사방에서 쏟아져 들어왔다.

레인이 입술을 깨물었다.

발이 바닥을 차는 순간, 레언의 몸이 회전했다.

붉은 빛이 유성처럼 사방으로 뻗어나갔다.

카가가가가강! 카캉!

콰아아앙!

막대한 압력이 수련장을 뒤흔들었다.

두 사람이 충돌한 여파가 사방으로 뿌려지자 그 힘을 이기지 못하고 벽이 갈라지기 시작했다.

바닥이 움푹 파이고 체로키가 튕겨났다.

체로키는 겨우 자세를 바로 하고 앞을 쳐다봤다.

레인은 바닥에 무릎을 꿇은 채 놀란 눈을 하고 있었다.

"역시 월하단천검무를 완성했구나."

레인은 씁쓸한 표정으로 고개를 저으며 일어섰다.

"어머니에게 무공을 배웠군요."

"그래, 용케도 알아봤구나."

체로키는 씨익 이를 드러내며 웃었다.

"사정을 설명해 주시죠?"

"너, 나 모르냐?"

"전혀 모릅니다. 그리고 처음부터 묻지 않았습니까?"

체로키는 머리를 긁적거렸다.

"칸젤 형님하고 세이렌 형수님하고 같이 용병 생활을 했었지. 제국으로 바뀌기 전까지 한 오 년 정도?"

"그런가요? 전혀 들은 적이 없는데요?"

레인은 모르겠다는 표정을 지었고, 반대로 체로키는 큰 충격을 받은 듯 입을 벌렸다.

"정말 아무 말도 안 했어? 아냐. 그럴 리 없지. 내가 형수님에게 무공을 배우면서 얼마나 두들겨 맞았는데……."

공감하는 듯 레인은 고개를 끄덕이며 말했다.

"확실히 어머니는 사람 가르칠 때 말보다 주먹을 먼저 쓰는 안 좋은 습관이 있죠."

"맞아."

체로키에게서 서러움이 물씬 풍겨졌다.

"크흠, 이런 이야기할 때가 아니고, 정식으로 내 소개를 하지. 내 이름은 체로키 반 스펜타임이다. 그리고 지금 스펜타임 백작 가문의 가주가 내 조카지."

"예?"

레인은 머릿속에 커다란 종이 울리는 것 같은 충격을 받았다.

자신이 알기로 스펜타임 백작 가문의 가주는 마흔 살에 가까웠다. 하지만 체로키의 얼굴은 그와 비슷한 정도. 그러니 말이 되지 않았다.

"서, 설마 탈태환골?"

"모두 세이렌 형수님 덕분이지. 그분의 도움으로 육체를 재구성했으니까."

체로키가 의문을 풀어주었다.

너무도 황당한 말에 레인은 입을 열지 못했다.

CHAPTER 10
발전하는 친구들

체로키 반 스펜타임은 테일론 왕국 시절, 몰락한 귀족의 후손이었다.

가문을 되살리고자 노력했지만 쉽지 않아 어쩔 수 없이 용병이 되어야 했다.

그러다 칸젤과 세이렌을 만났다고 한다.

당시 어렸던 체로키는 세이렌에게 반해 쫓아다녔다.

하지만 오우거를 한주먹에 날려 버리는 모습을 보고 마음을 바꾸었다.

세이렌을 스승으로 모시기 시작한 것이다.

"그때부터 내 인생은 바뀌었지."

체로키는 과거를 회상하는 듯 눈을 감았다.

곧 인상을 찌푸리더니 금방이라도 울 듯한 표정을 지었다.

아무래도 먼 추억 속에서까지 세이렌에게 두들겨 맞고 있는 모양이었다.

"그나저나 제대로 설명 좀 해주시죠."

"아! 그래. 그래야겠지. 좋아."

체로키는 테일론 왕국이 제국이 되는 과정에서 공을 세워 백작 가문을 되살렸다. 또한 막대한 영지를 받아 백작 중에서 손에 꼽을 정도의 권력까지 손에 넣게 되었다.

"그건 칸젤 형님과 세이렌 형수님이 한 일이지. 하지만 겉으로 드러나는 게 싫어서 나를 내세운 거야."

한마디로 지금의 스펜타임 백작가를 만든 건 아버지와 어머니라는 말이었다.

그렇게 모든 꿈을 이룬 체로키는 가문을 형님의 아들에게 맡기고 물러났다고 했다. 그리고 세이렌과의 약속을 지키기 위해 황제에게 청을 해 로열 아카데미로 왔다는 것이다.

"세이렌 형수님이 그러시더군, 심성이 곧고 제국에 충성하는 녀석을 골라 무공을 물려주라고."

적당한 인재를 찾기 위해선 멀리 돌아다니는 것보다는 아카데미가 훨씬 좋았다.

해마다 수백 명의 청년이 들어오는데 일차로 기사학부에서 걸러지니 관찰하기 편했다는 것이다.

"지금까지는 별로 괜찮은 녀석이 없었지. 내가 클레이븐을 유심히 본 건 녀석이 끈기가 있어서야."

"좀 질긴 구석이 있는 것 같더라고요."

레인이 고개를 끄덕이자 체로키는 씨익 웃었다.

두 사람이 대화를 나눈 건 오늘이 처음이었지만 조금 이야기하다 보니 마치 오랫동안 만난 사람 같았다.

그건 세이렌에게서 '교육을 빙자한 폭행'을 당한 사람들이 가지는 공통적인 서러움 때문이었다.

체로키는 자신이 클레이븐을 설득한 과정을 설명했다.

레인은 클레이븐이 교묘한 사기에 당했다는 걸 알았다. 하지만 일단은 약속을 지킨 게 되니 뭐라고 할 수 없었다.

"아무리 그래도 좀 살살 하지 그랬냐?"

"저도 그러려고 했는데 귀찮아질까 봐서요."

상대를 밟을 땐 확실하게 해야 한다.

세이렌이 귀에 못이 박히도록 했던 이야기다.

체로키 역시 이해한다는 듯 고개를 끄덕였다.

"어쨌든 클레이븐 녀석한테는 내가 잘 말해주마. 다음에 보면 알아서 해라."

"예, 그렇게 하죠. 아! 아카데미에서 쓸 만한 제자를 찾는다고 하셨죠?"

"왜? 추천할 만큼 괜찮은 녀석이 있느냐?"

레인은 잠깐 고민한 뒤에야 말했다.

"홀스타인이라고 있는데……."

"이번에 신입생 환영회 때 제일 먼저 무대에 올랐던 그 무식한 녀석?"

"예."

체로키는 살짝 인상을 찌푸렸다.

"그 녀석, 검을 휘두르기 전에 공부부터 해야 할 텐데. 무식해도 너무 무식해."

"그런가요?"

"그 녀석이 어떻게 기사학부의 기초 수련을 넘어간 줄 아느냐?"

레인은 모르겠다는 표정으로 고개를 저었다.

체로키는 혀를 차며 이야기했다.

기초 체력 수련 중 하나가 목검으로 나무 인형을 치는 것이었다.

반복되는 훈련에 학생들이 지루해하자 기사학부 교사가 시범을 보였다.

목검으로 단번에 나무 인형을 쪼개 버린 것이다.

그러면서 농담 삼아 이런 이야기를 던졌다.

"너희들이 이렇게 할 수 있다면 기초 체력 수련을 그만 시키겠다."

그 말을 들은 홀스는 목검을 가지고 나무 인형을 두드리기 시작했다. 그것도 거의 하루 종일.

서른네 개의 목검이 부서진 끝에 나무 인형이 박살 나고 말았다. 그건 같은 데를 치고 또 치고 또 쳐서 이룬 처절한 결과였다.

홀스는 씩씩하게 지도교수에게 가서 소리쳤다.

"저도 나무 인형을 박살 냈습니다!"

지도교수는 그 증거를 보며 다음 수련으로 넘어가라고 했다. 그리고 한숨을 내쉬었다.

"휴우, 나무 인형이 불쌍하군. 얼마나 무식하게 팼으면 이게 박살 나."

그 나무 인형은 평범하게 나무로 만든 게 아니었다.

마법사들의 특수한 마법 처리가 되어 있어 어지간한 진검으로도 쪼갤 수 없는 것이었다.

나중에 밝혀진 사실은 교수가 시범을 보일 때 몰래 오러를 사용했다는 거다.

그걸 평범한 목검으로 두들겨서 박살 냈으니.

그 이야기가 기사학부에 퍼지자 홀스는 유명인이 됐다.

기사학부 제일의 무식한 놈으로 말이다.

발전하는 친구들

체로키의 이야기를 들은 레인은 웃음을 참지 못했다.

"일단 네 말도 있으니 기초부터 확실히 해보고, 괜찮으면 내가 가르치도록 하지."

"부탁드리겠습니다."

레인이 고개를 숙이며 말했다.

"시간이 늦었으니 이만 돌아가 보도록 해라. 혹시나 아카데미 내에서 문제가 생기면 찾아오고."

체로키가 어깨를 두드려 줬다.

다시 인사를 마친 레인이 수련장 밖으로 나갔다.

"윽."

체로키는 다급히 주저앉아 호흡을 다스리기 시작했다.

처음엔 참을 만했다. 하지만 이야기하느라고 시간을 잡아먹다 보니 도저히 버티기 힘들었다.

체로키의 입가로 핏줄기가 흐르기 시작했다.

"괴물을 키워냈군."

그 말을 끝으로 체로키는 눈을 감았다.

곧 반복되는 호흡 소리가 수련장을 채웠다.

레인이 기숙사로 들어온 건 밤이 늦어서였다.

피곤한지 콘티엘과 홀스는 코까지 골며 자고 있었다.

레인은 피식 웃더니 콘티엘에게 다가갔다. 그리고 손목을 잡고 아주 적은 양의 내공을 밀어 넣었다.
 이미 수천 번을 경험했기 때문인지 콘티엘의 몸은 레인의 내공을 쉽게 받아들였다.
 레인은 고개를 끄덕인 뒤에야 손을 떼었다.
 다른 사람들이 봤을 때, 뜀박질만 해서 절맥을 고쳤다면 믿기 힘들 게 분명했다.
 사실 콘티엘의 몸이 바뀐 건 레인의 추궁과혈 덕분이었다.
 매번 많은 양의 내공을 소모해 늘어난 혈관을 치료하면서 몸의 순환을 도왔던 것이다.
 지금 콘티엘은 절맥이 거의 치료된 상태였다.
 "내일부터 다시 마법 수련을 하자. 기왕이면 명상을 가르치는 것도 좋겠지."
 결정을 내린 레인은 침대로 들어갔다.

 다음날 아침.
 홀스는 피곤한 얼굴로 자리에서 일어났다.
 마침 레인 역시 눈을 비비며 몸을 일으키고 있었다.
 "너, 살아 있었구나."
 뜬금없는 홀스의 말에 레인은 눈을 깜빡거렸다.
 "그게 무슨 소리야?"
 "하긴 기사학부가 아니니 모를 수밖에."

홀스는 체로키에 대해 설명했다.

기사학부 학생들 사이에서 체로키는 아주 유명했다.

체로키는 제법 실력이 괜찮다는 소리가 들리는 학생이 보이면 무조건 끌고 간다고 했다.

그렇게 며칠이 지나서 학생들이 돌아왔다.

다들 궁금해서 무슨 일이 있었냐고 물어봐도 그들은 약속이나 한 듯 오직 한마디만 했다.

"지옥을 봤어."

그 이상도 이하도 아닌 딱 그 한마디가 전부였단다.

레인은 대충 상황을 짐작할 수 있었다.

체로키의 실력이 대단하다는 게 어느 정도 알려진 상황에서 제법 한다는 녀석들을 불렀으니 학생 입장에선 기대할 만했다.

"하지만 나중에 소문이 돌더군. 그 무식한 수련이 어떤 거였는지 말이야."

체로키에게 고문(?)을 당했던 녀석들 중 일부가 졸업을 하고 나서야 실토를 했단다.

그 악몽 같은 일을 말하기는 너무 힘들어 술자리에서 술기운을 빌려 겨우 용기를 내고서야 가능했다나?

체로키는 처음에 기초부터 다시 한다고 했다.

그건 말이 좋아 기초 수련이지 사람이 할 게 못 되었다.

가장 먼저 육체를 개조한다는 의미로 창문도 없는 방 안에 가둔다. 그곳은 덥고, 좁고, 갑갑해서 가만히 있어도 땀이 줄줄 흐르는 곳이었다.

그렇게 몸속에 있는 수분을 빼고 근육의 형태가 드러나면 그때부터 본격적인 검술 수련에 들어간다.

검술을 수련하면 근육이 발달하게 되어 있다. 무식하게 무거운 검을 들고 하루 종일 휘두르니 힘들고 괴로워도 단련이 되는 것이다.

"하지만 한 달을 넘긴 사람은 없다더군. 클레이븐 선배만 겨우 그 단계를 넘겼대. 그래서 독종 소리를 듣는다나."

홀스는 그렇게 말하며 고개를 흔들었다.

클레이븐의 바위같이 두꺼운 근육을 보면 이해가 되었다.

'나야 어릴 때 그 단계를 넘어섰지만, 지금 다시 한다고 생각하면 끔찍하지.'

레인은 그 과정을 남들보다 더 독하게 했다.

그 덕에 지금과 같은 신체를 가지게 됐지만.

레인은 체로키에게 홀스를 부탁했다는 사실을 떠올리자 왠지 미안한 마음이 들었다.

'가만, 아침부터 데리러 온다고 한 것 같은데. 이거 말해야 하나?'

레인은 잠시 망설였지만 굳이 그런 사실을 말하지 않았다.

지금 당장은 힘들지 몰라도 나중에 홀스가 하려고 하는 일을 생각하면 도움이 되리라 판단했다.

"정말 무섭구나."

어느새 눈을 뜬 콘티엘이 말했다.

홀스는 흥분한 목소리로 체로키에 대한 끔찍한 소문을 뿌리고 있었다.

그때 소리없이 문이 열리며 누군가가 안으로 들어왔다.

등 뒤에서 느껴지는 살기에 홀스가 뒤를 돌아봤다.

이야기의 당사자가 그곳에 있었다.

이마에 굵은 혈관이 선명하게 꿈틀거리는 상태로 말이다.

홀스의 얼굴이 하얗게 변하며 그대로 굳어버렸다.

순진한 콘티엘이 물었다.

"누구세요?"

체로키는 홀스의 어깨를 잡았다.

"지옥에서 온 사자지. 널 데려가기 위해 왔다."

"으아아악! 컥!"

홀스는 비명을 질렀고, 체로키는 주먹을 휘둘렀다.

체로키는 턱을 맞고 기절한 홀스를 들쳐 멨다.

"그럼 다음에 보지."

체로키는 레인에게 윙크를 날리고 밖으로 나갔다.

나중에 알게 된 사실이지만, 체로키는 문 뒤에서 모든 이야기를 듣고 있었다.

"나를 따라 해봐."
 레인은 가부좌를 틀고 눈을 감았고, 콘티엘이 따라서 자세를 잡았다.
 "우선 의식을 코끝에 집중해. 그리고 천천히 숨을 내쉬고 들이마셔."
 콘티엘은 레인이 시키는 대로 했다.
 "가장 중요한 건 몸속에 있는 기운을 모두 내뱉는 거지. 흔히들 내쉴 때 호오오 하잖아. 그리고 들이마실 때 흐으읍 하고."
 레인의 말에 콘티엘은 소리를 내었다.
 "호오오오, 흐으으읍."
 "그래서 호흡이라고 하는 거야. 내쉬는 게 먼저라는 의미지."
 콘티엘은 점점 명상에 빠져들기 시작했다.
 몸의 긴장이 풀리고 근육이 이완되었다.
 감각이 점점 사라지며 오직 숨 쉬는 것만이 머릿속을 가득 채웠다.
 "지금은 감각이 없을 거야. 우선은 그 상태를 계속 유지해야 해."

콘티엘은 명상에 몰입했다.

짝짝!

갑작스러운 박수 소리에 콘티엘이 눈을 떴다.

"기분이 어때?"

"글쎄? 모르겠어."

레인은 씨익 웃으며 창밖을 가리켰다.

어느새 해가 지고 있었다.

"설마?"

콘티엘은 믿을 수 없다는 표정을 지었다.

점심 먹고 명상을 시작한 것 같은데 벌써 저녁이었다.

"배가 고플까 봐 가져왔어."

레인은 여러 가지 샐러드와 고기를 다져 넣은 빵을 콘티엘에게 주었다.

감각이 돌아온 직후라 몰랐는데 배에서 꼬르륵 소리가 울리고 있었다.

간단히 식사를 마친 콘티엘은 다시 명상에 들어가려 했다.

"그 상태를 유지하면서 내 기운을 받아들여. 아마 뭔가 다른 감각이 느껴질 거야."

레인은 콘티엘의 등 뒤에 앉아 손을 뻗었다.

곧 콘티엘의 몸으로 레인의 내공이 스며들기 시작했다.

따뜻하고 포근한, 그러면서도 익숙한 느낌이 들었다.

"아아!"

콘티엘은 자신도 모르게 탄성을 내뱉었고, 명상이 깨졌다.

"기분이 어때?"

"모르겠어, 이걸 어떻게 표현해야 할지."

콘티엘은 감격에 몸을 마구 떨어댔다.

그 격렬한 반응에 레인은 피식 웃음을 터뜨렸다.

"눈을 감고 기억을 떠올려 봐."

레인의 주문에 콘티엘은 다시 눈을 감았다.

다른 모든 감각이 죽어 있는 상태였다. 그러자 몸속으로 들어오는 기운이 더욱 선명하게 느껴졌다.

그 따뜻하면서 시원하고 짜릿한 기운은 등에서 시작해 아래로 내려갔다. 그리고 엉덩이와 남성의 상징을 지나 위로 오르더니 배꼽 아래서 잠시 멈추었다.

몇 번 똬리를 틀던 기운은 서서히 위로 올라가 목에 이르렀고, 잠시 주춤하더니 정수리까지 도달했다. 그런 다음 등을 타고 빠져나갔다.

그건 정말 기묘한 느낌이었다.

달리기를 하면서 어느 정도 몸에 활력이 생기고 여유가 느껴졌다. 하지만 확신은 하지 못하고 있었는데 이제는 아니었다.

 레인의 기운이 자신의 몸속을 돌아다니는데 거의 막힘이 없었던 것이다.

 "자, 시험을 한번 해보자. 내가 넣어주는 기운을 받아들여서 그걸 가지고 마법을 펼쳐 봐."

 레인의 뜻밖의 주문에 콘티엘은 약간 당황해했다.

 "어렵다고 생각하면 한없이 어려운 거야."

 콘티엘은 고개를 끄덕인 뒤 자리에서 일어났다.

 일단 레인이 하자고 하면 무조건 된다는 믿음이 생겨난 상황이었다.

 "우선 호흡을 고르고……."

 "호오오오, 흐으으읍."

 "기운을 느껴봐. 그리고 너의 의지로 움직여."

 콘티엘은 레인이 넣어주는 기운을 의지대로 움직이기 위해 안간힘을 썼다.

 하지만 그건 쉽게 되는 게 아니었다.

 밤을 새우고 아침 해가 뜰 때까지 콘티엘은 단 한 번도 성공하지 못했다.

 콘티엘은 풀이 죽은 표정으로 주저앉았다.

 "미안. 잘 안 돼."

 "한 번에 된다는 생각은 버려."

레인이 웃으며 말하자 그제야 콘티엘은 마음이 놓였다.

"왠지 너무 어려워. 복잡하기도 하고."

"그게 쉽게 된다면 개나 소나 대마법사에 소드 마스터가 될 거야."

가만히 생각해 보니 그 말이 맞았다. 그리고 웃음도 나왔다.

"일단은 쉬도록 해."

콘티엘이 잠들자 레인은 수업을 듣기 위해 기숙사를 빠져나왔다.

레인이 찾은 곳은 바로 체로키의 수련장이었다.

"끄아아아악! 제발 살려주세요!"

비명과 절규가 처절하게 울려 퍼지고 있었다.

"닥치고 하지 못해!"

"이제 한계입니다!"

"그 말만 오늘 마흔여섯 번 했다."

체로키의 목소리에는 장난기가 가득했다. 하지만 당하는 입장에선 그걸 구별할 능력이 없었다.

레인은 흔적을 드러내지 않고 수련장에 스며들었다.

홀스는 팔굽혀펴기를 하고 있었는데 등 위에 체로키가 앉아 있었다.

홀스의 체력을 생각하면 사람 하나 등에 업고 팔굽혀펴기를 하는 건 간단했다. 천 번까지는 무리더라도 수백 번은 할 수 있을 정도였으니 말이다.

하지만 위에 앉은 게 체로키라면 달랐다.

'아마 천근추를 이용해서 한계까지 혹사시키고 있겠지.'

레인은 슬그머니 미소를 지었다.

[잘되고 있습니까?]

갑작스러운 전음에 깜짝 놀란 체로키였다.

"크흠. 오늘은 이것만 하면 봐주지. 앞으로 열 개다."

"감사합니다."

홀스는 눈물을 뚝뚝 흘리며 팔굽혀펴기를 했다.

한 번 할 때마다 몸이 부들부들 떨렸다.

바닥에 떨어진 땀방울은 개미집에 홍수라는 대재앙을 일으킬 수 있을 정도였다.

모두 다 하는 데 걸린 시간은 무려 십 분.

"여어얼."

숫자가 채워지자 홀스는 그대로 엎어져 버렸다.

체로키는 홀스의 목 뒤로 손가락을 가져갔다.

수혈이 짚인 홀스가 아무것도 모른 채 잠에 빠지자 체로키는 근육을 풀어주기 시작했다.

레인이 콘티엘에게 추궁과혈을 한 것처럼 체로키도 내공

을 사용해 회복을 돕고 있었다.

"너무 험하게 다루는 거 아닙니까?"

모습을 드러낸 레인의 말에 체로키는 고개를 저었다.

"아냐. 이놈 이거 덩치만 컸지, 근육은 완전히 물이야. 본격적인 수련에 들어가기 전에 몸부터 완전히 바꿔야겠어."

"그 정도예요?"

"말도 마라. 처음에 시작한 게 겨우 열 개거든? 근데 죽겠다는 거야. 그래서 살짝 힘을 뺐더니 순식간에 다 하고 이제 끝냈다고 하네."

레인은 체로키가 열 받을 만하다고 생각했다.

"다시 열 개를 시키면서 힘을 줬지. 그러니까 또 한계라고, 못하겠다고, 죽겠다고 하는 거야."

"그래서 힘을 뺐습니까?"

"아니. 하도 괘씸해서 더 줬지."

체로키는 근육을 풀던 손으로 홀스의 뒤통수를 후려갈겼다.

깊이 잠든 홀스가 순간 파닥거렸고, 레인은 피식 웃음을 터뜨렸다.

체로키는 홀스를 혹독하게 다루었다.

팔굽혀펴기만 수천 번은 시켰고, 굳어진 근육을 푸는 것도 제자리에서 팔 벌려 뛰기로 하게 만들었다.

거기다 전신의 근육을 골고루 발달시킬 수 있게 훈련을 시켰는데 그때마다 홀스는 죽는다는 소리를 했다.

"엄살이 너무 심해."

체로키는 혀를 내두르며 말했다.

"그래도 용케 버티고 있네요. 정말 힘들면 도망갔을 텐데."

"도망? 그건 꿈도 못 꿀걸?"

"뭔가 비책이 있군요."

체로키는 씨익 웃으며 고개를 끄덕였다.

"내가 그랬지, 도망가고 싶으면 가라고. 하지만 그냥은 안 보내준다고 말하니까 어떻게 할 거냐고 묻더군."

"그래서 뭐라고 하셨습니까?"

"수련장을 벗어나면 내 권한으로 바로 퇴학시킬 거라고 했지. 그리고 평민들이 4년 동안 복무해야 하는 군대로 보내 버린다고 했어."

레인은 황당해했다.

겉으로는 로열 아카데미의 기사단장이었지만, 실제 체로키의 권한은 막강했다.

그건 스펜타임 백작가의 힘 때문이기도 했는데, 아카데미의 학장 파드 후작이라 할지라도 무시할 수 없었다.

'하지만 하필 보낸다는 곳이 군대라니.'

레인은 홀스를 향해 동정의 시선을 보냈다.

귀족들이 반드시 로열 아카데미를 다녀야 하는 것처럼 평민들도 군대를 가야 했다.

그곳은 장교들을 제외한 병사들 모두 평민이었다. 그래서 계급에 대해 더욱 철저해 오히려 훨씬 치열하다고 할 수 있었다.

"뭐, 어려울 거 있나? 파드 그 동생한테 한마디만 하면 해결되는데."

학장을 동생이라 부르는데 그 정도는 일도 아니었다.

"그런데 왜 찾아온 거냐? 이 녀석 훈련하는 거 보려고? 친구가 걱정되는 모양이지?"

"글쎄요?"

레인이 웃자 체로키는 고개를 저었다.

"근데 이 녀석을 왜 부탁한 거냐? 나중에 가신으로 쓸 생각이냐?"

"아뇨. 아직 거기까지는 생각 안 해봤습니다."

"다른 건 몰라도 끈기는 있는 모양이더라. 아! 그리고 클레이븐 녀석에게는 잘 말해놨으니 다음에 보면 서먹하게 대하지 마라."

"예, 알겠습니다. 그리고 부탁이 있습니다."

레인은 간단하게 콘티엘에 대해 설명했다.

당분간 자신과 함께 수련을 해야 하니 수업에 빠지는 걸 알아서 처리해 달라는 말이었다.
"그거야 간단하지."
　체로키는 자신이 다 알아서 해줄 테니 걱정하지 말라고 했다.
　레인은 몇 가지 간단한 부탁을 하고 기숙사로 돌아왔다.

CHAPTER 11
불타 버린 저택

"특별한 움직임은 없나?"
"예, 여전합니다."
루트가 공손히 대답했다.
트라시온은 뭔가 마음에 안 드는 듯 고개를 저었다.
"나를 찾아오지 않는 걸 보면 역시 생각이 없다는 뜻인데."
트라시온은 손가락으로 책상을 툭툭 두들겼.
그가 한참 동안 말이 없자 루트는 조심스럽게 물었다.
"로헬 백작 가문이 대단하다는 건 알지만 거기에 너무 집착하시는 것 아닙니까?"

자신이 황자라는 사실을 떠올리라는 의미였다.

아무리 대단하다고 해봐야 일개 백작. 비록 과거에 테일론 왕국이 제국이 되는 데 큰 기여를 했다고 하지만 단지 그것뿐.

지금 로헬 백작 가문은 특별한 힘이 아무것도 없었다.

그에 비해 트라시온은 제국의 이황자였다.

황태자 트라우스가 있어 황제가 되지 못한다 하더라도 막강한 권력을 가지고 있는 것이다.

"내가 원하는 건 레인이야. 그 녀석, 보기보다 능력이 좋다고."

"문제가 없는 한, 사자새끼는 사자로 크는 법이죠."

루트 역시 그건 인정하는 모양이었다.

트라시온은 그 자리에서 편지지를 꺼냈다.

"역시 칸젤 아저씨의 말이 맞았어. 조금 서두르는 감이 있지만 아무래도 이제 시작해야겠어."

루트는 궁금했지만 묻지 않았다.

자신의 임무는 트라시온의 보좌, 직접 말해준다면 모를까 먼저 알 필요는 없었다. 그리고 필요하다면 듣기 싫다고 해도 말할 사람이 트라시온이었다.

트라시온은 정중한 표현으로 편지를 시작했다.

그렇게 한참을 써내려 간 트라시온은 봉투를 꺼내 촛농으로 봉인을 한 후 자신의 인장을 찍었다. 그리고 간단한 메모를 붙여 루트에게 주었다.

"이걸 학장에게 전해주면 알아서 할 거야."

루트는 봉투를 받아 들고 밖으로 나갔다.

트라시온은 창가로 걸음을 옮겼다.

옐로우 스톤과 그린우드가 보이는 위치였다.

"너무 과격한 게 아닌가 모르겠군."

트라시온의 미소가 어딘가 사악해 보였다.

　　　　　＊　　　＊　　　＊

"된다, 돼."

콘티엘은 감격에 벅찬 표정으로 소리쳤다.

레인의 내공을 자신의 의지로 움직이려 한 지 보름. 드디어 마법을 성공시킬 수 있었다. 비록 손톱 정도 크기의 라이트였고, 수 초 만에 사라졌지만 말이다.

"지금의 감각을 잊지 말고 기억해."

레인의 말에 기뻐하던 콘티엘은 갑자기 어깨를 축 늘어뜨렸다.

"마법은 성공했지만 그건 너의 힘이야. 내가 한 게 아니라고."

"그렇게 생각할 필요는 없어. 네 몸속에 있는 마나를 움직인 건 너의 의지였으니까."

콘티엘은 약간 혼란스러운 표정이었다.

"네가 전에 말했었지, 마나 친화도가 낮다고. 그리고 내가 말했지, 그런 건 중요하지 않다고."

"그렇게 말하긴 했어."

자신없는 목소리에 레인이 차갑게 대꾸했다.

"그럼 묻지. 넌 마나 친화도 때문에 네 몸속에 들어온 기운을 움직일 수 있었나?"

콘티엘은 약간 충격 받은 듯했다. 그리고 곧 뭔가를 생각하는 듯하더니 고개를 저었다.

레인은 웃으며 말했다.

"그래, 넌 너의 의지로 마나를 움직인 거야. 단지 힘이 되는 그 마나는 내가 도와준 것에 불과해."

"하하. 고마워."

"이제 한번 해봤으니, 너도 마나 서클을 만들게 된다면 마법을 쓸 수 있을 거야."

"하지만 난 마나 서클이 없는걸."

"내가 시키는 대로 명상을 계속하면 언젠간 마나를 느낄 수 있어. 그리고 때가 되면 서클이 만들어지지. 시간은 좀 걸리겠지만."

콘티엘은 잠깐 놀라다가 오히려 화를 내었다.

"그런 방법이 있었으면 그걸 먼저 하면 됐잖아."

레인은 잠시 고민하다 결국 모든 걸 이야기하기로 했다.

절맥의 증상에 대해서, 그리고 그걸 어떤 방식으로 치료했는지를.

콘티엘은 믿기지 않는다는 표정을 지었다.

"그때를 생각해 봐, 운동장도 몇 바퀴 뛰지 못하고 쓰러졌던 너를."

뭐라 반박하려던 콘티엘은 고개를 숙이고 말았다.

레인의 말이 맞았다.

자신도 허약한 몸이 싫어 기사들처럼 수련도 해봤지만 한계가 있었고, 그걸 극복할 수 없었다.

지금은 아니었다.

체력이 부쩍 좋아진 건 둘째 치고 몸이 정말 가벼워졌다.

"네 입장에선 명상을 통해 마나 서클을 만드는 게 더 중요했겠지. 하지만 모든 일엔 순서가 있는 거야. 난 너에게 할 수 있다는 자신감을 주고 싶었어."

레인은 콘티엘의 어깨를 두드렸다.

"이제 곧 방학이라고. 그때도 내가 네 옆에 붙어 있을 수는 없잖아. 그리고 명상은 너 혼자 꾸준히 할 수 있어."

그 말을 이해한 콘티엘이 고개를 끄덕였다.

그때였다.

콰앙!

갑자기 문이 박살 나며 해골(?) 하나가 뛰어들어 왔다.

"레인, 레이이인."

해골은 미친 사람처럼 울부짖으며 레인에게 달려들었다.

갑작스러운 공격에 레인의 몸이 빙글 회전했다. 콘티엘을 휘감고 돌며 손을 펼친 것이다.

뒤로 훌쩍 날아간 콘티엘이 침대 위를 뒹굴었다.

마침 해골의 주먹이 레인의 얼굴 앞에 이르렀다.

순간 레인의 왼손이 뱀처럼 휘어졌다. 그리고 상대의 팔목을 휘감더니 가볍게 당겨 버렸다.

힘의 흐름을 거스르지 못한 해골이 휘청거렸다.

레인의 발목이 슬쩍 움직였다.

공중회전을 펼치며 날아간 해골은 콘티엘 옆에 있는 침대에 머리부터 박혔다.

"아욱."

해골은 뒷목을 잡고 몸을 꿈틀거렸다.

"너, 나를 죽일 셈이냐?"

"미안. 본능이야."

레인의 대꾸에 해골이 인상을 찌푸렸다.

"그런데 너, 홀스 맞아?"

해골, 아니, 몰라보게 모습이 바뀐 홀스가 고개를 끄덕였다.

콘티엘은 황당한 표정을 감출 수 없었다.

커다란 키에 떡 벌어진 어깨, 그리고 우락부락한 근육은 홀스의 상징이나 마찬가지였다. 하지만 지금의 홀스는 막 무덤에서 기어나온 시체 같았다.

몸에 있던 살과 근육은 사라지고 심하게 말라 버린 것이다.

"대체 어떻게 된 거야?"

콘티엘이 묻자 홀스는 레인을 손가락으로 가리키며 노려봤다.

"저 빌어먹을 레인에게 물어봐. 감히 친구를 지옥의 구렁텅이로 밀어 넣다니, 네가 인간이냐?"

콘티엘은 영문을 모르겠다는 얼굴로 레인과 홀스를 번갈아가며 쳐다봤다.

확실히 홀스의 모습은 지옥(?)을 겪은 것 같았다.

그런 게 아니라면 단기간에 몸이 저렇게까지 바뀔 리가 없었다.

콘티엘이 따지듯 말했다.

"좀 설명을 해보라고."

홀스는 설명하기 위해 그동안의 일을 떠올리다가 몸을 부르르 떨었다.

아무래도 말하기 끔찍한 모양이었다.

"끄아아악!"

홀스는 화를 참지 못하고 침대를 박차고 뛰어올랐다. 그리고 이전보다 날렵하고 빠른 발차기를 선보였다.

그 상대는 당연히 레인이었다.

레인이 피식 웃으며 한 걸음 앞으로 움직이자 홀스의 발이 허공을 스쳤다.

착지한 홀스는 한 대라도 때려보겠다는 생각을 했다.

"이봐, 진정하라고."

레인이 두 손을 흔들었지만 홀스는 망설이지 않았다.

"내가 진정하게 됐어? 다른 사람도 아닌 체로키에게 날 부탁한 사람이 너라며."

홀스의 주먹이 바람 소리를 일으켰다.

레인은 고개를 젖혀 홀스의 주먹을 여유있게 피했다.

"그야 그렇지만."

"날 죽일 생각이 아니라면 그런 부탁은 하지 말았어야지."

레인이 자신의 주먹을 쉽게 피하자 홀스는 자세를 낮추었다. 그리고 태클을 걸었다.

레인은 홀스의 어깨를 잡으려고 손을 내밀었다.

그 순간 홀스의 몸이 빙글 돌더니 순식간에 뒤로 돌아가 레인의 발목을 잡았다.

이전에 클레이븐에게 걸었다가 실패한 바로 그 기술이었다.

하지만 상대는 레인이었다.

홀스가 발목을 당기면 레인은 앞으로 넘어져야 했다.

그런데 레인은 오히려 그 반대방향으로 넘어져 홀스의 등에 그대로 올라타 버렸다.

"이봐, 친구. 진정하라니까."

홀스는 레인을 밀쳐 내기 위해 발버둥쳤지만 레인은 교묘하게 움직이며 등 뒤에서 떨어지지 않았다.

"제길."

홀스가 팔을 굽혔다 펴려고 했다.

레인은 고개를 저으며 천근추를 펼쳤다.

쿠우웅!

엄청난 압력에 홀스의 육체가 바닥과 밀착되었다.

체로키에게 받았던 압력이 고스란히 느껴지자, 홀스는 발버둥치기를 포기했다.

레인이 누르는 힘은 그보다 더해 도저히 움직일 수 있을 것 같지 않았다.

"내가 부탁한 건 맞아. 널 강하게 해달라고 했거든."

홀스는 앙상하게 뼈마디가 드러난 자신의 손을 쳐다봤다. 그리고 눈물을 흘렸다.

"그래도 정도가 있는 법이야. 이건 아니라고."

"대체 뭐가 문제야?"

레인은 이해가 안 된다는 표정으로 고개를 저었다.

"방학이 되면 그때부터 본격적인 수련을 한다고 했어. 난 이제 죽었다고."

홀스는 겁에 질린 얼굴로 울부짖었다.

"그거 잘됐네."

레인이 일어서며 말하자 홀스는 몸을 뒤집었다.

"잘되다니? 그게 뭐가 잘된 거야?"

"일단은 기초 수련 통과한 거 축하해. 그것만 해도 이전보다 훨씬 강해졌을걸."

홀스는 고개를 저으며 일어났다.

"내 몸을 봐. 그토록 자랑하던 근육이 사라졌어."

"근육이 강함은 아니지."

"하지만 난 내 몸이 어쩌다 이렇게 된 건지 도저히 모르겠다고."

홀스는 두 손으로 자신의 머리를 미친 듯이 긁었다. 그리고 방 안을 마구 뛰어다니더니 갑자기 침대로 몸을 던졌다.

마치 정신병 걸린 사람 같은 행동이었다.

"난 정말 지옥에 있는 것 같았어."

며칠이 지났는지, 무슨 일이 있었는지 전혀 기억나지 않았다. 정신을 차려보니 방학이 코앞이었고, 몸이 이렇게 말라 있었다는 것이다.

"간간이 떠오르는 건, 그 악마 같은 인간이 시키는 대로 반복적으로 몸을 움직인 게 전부라고."

그 처절한 절규에 콘티엘은 두려움을 느꼈다.

얼마나 고생이 심했으면 기억에서 삭제가 됐을까 하는 생각이 들었다. 그리고 홀스가 했던 수련에 비하면 자신은 거의 노는 거였다.

왠지 레인에게 불평한 걸 생각하니 부끄러워졌다.

레인은 피식 웃으며 말했다.

"훗, 나도 그때는 그랬지. 하지만 지금은 멀쩡히 살아 있잖아. 걱정하지 마. 아무리 지옥에 있는 것처럼 힘들어도 죽지는 않는다고."

정말 위로 같지 않은 위로였다.

"그런데 용케도 빠져나왔다?"

"그 악마가 그러더군, 혹시 모르니 친구들에게 작별 인사를 하고 오라고."

홀스가 고개를 숙이며 말하자 콘티엘은 하얗게 질린 얼굴로 입을 열었다.

"그, 그거, 아무래도 사형선고 같은데."

"절대 안 죽는다니까."

레인의 자신있는 말에 홀스가 절규했다.

"그게 더 무서워."

불타 버린 저택 265

*   *   *

 "…이상 방학식을 마치겠다."

 아카데미의 학장 파드 데 라르칸 후작은 떠들기를 무척이나 좋아하는 모양이었다.

 학생들 중 그의 말을 귀에 담아두는 이는 아무도 없었다.

 특히 신입생들은 처음 맞는 방학에 들떠 있었다.

 한 학기 동안 아카데미에 어느 정도 적응이 됐지만, 다들 귀족이었기에 가문에 있는 것만 못했다.

 물론 모든 학생이 집으로 돌아가는 건 아니었다.

 테일론 왕국이 제국으로 바뀌면서 제일 먼저 한 일은 길을 닦는 거였다.

 수도를 중심으로 동서남북 대로를 정비하고, 다시 거기서 주요 도시까지 길을 연결했다.

 모든 게 칸젤의 주도하에 벌어진 공사였다.

 그 결과 제국의 수도에서 주요 도시, 그리고 국경까지 한 달이면 갈 수 있었다.

 하지만 변방에 있는 영지는 아니었다.

 학생들 중 사분의 일 정도가 변방 영지에 살았고, 두 달 반이라는 방학 기간을 생각하면 빠듯했다.

그런 학생들을 위해서 기숙사는 개방되어 있었다.
레인도 나중에 들었는데 콘티엘이 그런 경우였다.
가는 데 한 달이 넘게 걸리니 굳이 돌아갈 이유가 없었다.
콘티엘은 방학 동안 명상에 집중하기로 했다.
그렇게 방학식이 끝나고 레인은 짐을 챙겨서 움직였다.
가장 먼저 들른 곳은 체로키의 수련장이었다.
"홀스를 잘 부탁합니다."
"절대 죽이진 않으마."
레인은 피식 웃으며 고개를 끄덕였다. 그리고 돌아서다 약간은 껄끄럽던 클레이븐과 마주치게 되었다.
클레이븐은 그때의 충격으로 이전보다 말이 없어졌다.
"내가 더 강해지면 그때… 부탁한다."
다시 한 번 겨뤄보고 싶다는 뜻이었다.
레인이 고개를 끄덕이자 클레이븐은 그 자리에서 바로 돌아섰다.
용건이 끝났으니 다시 수련을 하려는 모양이었다.
레인이 교문 앞에 이르자 단정한 차림의 청년이 나섰다.
앞을 막은 건 바로 루트였다.
"트라시온 황자님이 필요할 거라고 말하더군."
루트가 준 건 한 장의 편지였다.
레인은 살짝 인상을 찌푸렸다.

지금까지 트라시온과 엮여서 좋은 일이 거의 없었다.

아카데미를 다니면서 만날 기회가 있었지만, 찾아가지 않은 건 그런 이유에서였다.

레인은 편지를 대충 구겨 넣고 아카데미를 나섰다.

등 뒤에서 루트가 황성이 어쩌고저쩌고 소리쳤지만 레인은 그냥 무시해 버렸다.

칸젤과 세이렌은 자신에게 아낌없는 사랑을 쏟아붓는 부모였다. 가끔 보면 조금, 아니, 많이 무섭고, 무시무시했으며, 몸이 떨리긴 했지만 말이다.

한동안 떨어져 있다 보니 왠지 그리운 마음이 들었다.

"어쩌면 어머니가 맛있는 음식을 준비하고 날 기다리고 있을지도 몰라."

맛은 더럽게 없지만 몸에는 확실히 좋았다.

레인은 피식 웃으며 수도 테일로드를 향해 힘찬 발걸음을 내디뎠다.

눈앞에 그리운 저택의 모습이 아른거렸다.

"대, 대체 뭐야?"

레인은 황당한 표정으로 정면을 쳐다봤다.

으리으리한 대저택이 있던 자리다.

큰 불이 났는지 지금은 시커먼 흔적만이 가득했다.

"집이, 집이 없어졌어?"

레인은 자신이 맞게 찾아온 건지 확인하기 위해 주위를 몇 번이나 돌아다녔다.

위치는 확실했다. 하지만 집은 없었다.

정신을 차리기 위해 레인은 자신의 뺨을 쳤다.

아프기는 더럽게 아팠지만 꿈은 아니었다.

레인은 곧 뭔가 이상한 걸 눈치챘다.

우연히 불이 났다 치자. 그것도 쉽게 끄기 힘들 정도로 큰 불이 저택을 휘감았다 해도 문제가 되지 않았다.

칸젤의 마법 한 방이면 황성 전체가 불타고 있어도 단번에 해결된다.

또 무시무시한 세이렌도 있었다.

그녀가 빙계 무공을 펼친다면 불꽃조차 얼릴 수 있었다. 그러니 화재가 나서 저택이 홀랑 탔다는 건 말도 안 되는 소리였다.

'무슨 문제가 생긴 게 분명해.'

레인은 좀 더 확실한 판단을 위해 저택을 향해 다가갔다.

저택의 주변에 노란색 띠가 처져 있었다.

'저들은 수도 경비대다.'

무장을 보니 평범한 일반 병사가 아니라 기사들이었다.

확실히 무슨 일이 있어도 있는 모양이었다.

레인은 잠시 망설이다 손을 들었다.

아카데미에서 사람들 몰래 몇 번 시험을 해봤다. 능숙하진 않지만 어느 정도는 상대의 눈을 속이기에 충분했다.
"트랜스."
반지에서 따뜻한 기운이 전해져 레인의 얼굴을 휘감았다.
레인의 모습이 지금의 얼굴에서 약간 나이가 든, 그러면서도 조금 날카로운 인상으로 바뀌었다.
레인은 경비를 서고 있는 기사에게 지나가는 투로 물었다.
"여기 무슨 일이 있는 겁니까?"
기사는 오히려 굳은 표정으로 되물었다.
"당신은 누구십니까?"
"아, 그냥 지나가다 궁금해서 물어보는 겁니다. 보니까 제법 큰 불이 난 것 같은데……."
레인이 말끝을 흐리자 기사는 반사적으로 입을 열었다.
"아주 큰 불이 났었죠. 불과 삼십 분도 안 돼서……."
"이봐, 거기!"
갑자기 고함이 들리자 기사는 입을 닫았다.
레인이 그 방향으로 고개를 돌려보니 커다란 덩치의 기사 하나가 다가오고 있었다.
어깨에 있는 표식을 보니 제법 높은 직위였다.
덩치는 잔뜩 움츠리고 있는 기사의 왼쪽 어깨를 내려쳤다.
탕 소리와 함께 기사가 휘청거렸다.

"함부로 말하지 말라는 지시를 못 들었나?"
"죄송합니다."
기사가 대답하자 덩치는 고개를 돌렸다.
"자네는 뭔가?"
"그냥 지나가다 보니 이상해서 물어본 것뿐입니다."
레인이 웃으며 대답하자 덩치는 고개를 갸웃거렸다.
"이 저택과 무슨 관계가 있느냐?"
덩치가 심문하듯 물으며 손을 뒤로 돌려 신호를 보냈다.
아까 기합을 받은 기사는 레인의 눈치를 살피며 슬그머니 몸을 움직였다.
그걸 눈치 못 챌 레인이 아니었다.
"관계라니요. 그냥 지나가다가……."
"신분패를 꺼내라."
덩치는 위압적으로 말하며 손을 내밀었다.
레인은 약간 주저하며 신분패를 꺼내는 척했다.
"어서 꺼내."
"여기 있습니다."
덩치의 시선이 앞으로 내밀어지는 레인의 손으로 향하는 순간이었다.
"죄송합니다."
퍽!

덩치는 눈앞이 번쩍거리는 걸 느꼈다.

현기증이 밀려오며 사방이 출렁거리더니 그대로 주저앉고 말았다.

곧 쓰러진 덩치를 향해 기사들이 달려왔다.

레인은 골목에 숨어 그 광경을 지켜보다 고개를 저었다.

이 늦은 시간까지 경계를 서는 것도, 함구령을 내린 것도 보통 일이 아닌 것 같았다.

사실 수도경비대는 기사들도 사람을 함부로 대하지 않는다.

수도에는 많은 사람들이 있었고, 그중에는 귀족도 많았다. 그럼에도 저 덩치의 기사는 위압적인 모습을 보이며 신분패부터 확인하려 했다.

그건 그만큼 이번 일이 중요하다는 의미였다.

'아무래도 저들에게서 알아내는 건 불가능하겠군.'

레인은 잠시 고민하다가 용병으로 일했을 때를 떠올려 수도 테일로드의 동쪽 외곽으로 향했다.

그쪽에는 밤이 되면 살아나는 거리가 있었다.

일종의 환락가라 불리는 곳, 그리고 돈만 있으면 모든 걸 구할 수 있는 장소였다.

레인은 구석에 있는 작은 술집으로 향했다.

익숙한 태도로 안으로 들어간 레인은 바에 앉아 실버 두 개를 꺼냈다.

"맥주 한 잔하고 간단하게 씹을 거."

바텐더는 알았다는 듯 고개를 끄덕이더니 실버를 챙겼다.

곧 맥주와 가늘게 찢은 육포가 나왔다.

레인은 맥주를 한 잔 들이켠 뒤 육포를 씹었다.

"정말 맛이 없군. 맥주를 오줌통에서 꺼낸 거야?"

"싫으면 말던가."

툭 내뱉은 바텐더의 말에 레인은 실버 두 개를 꺼냈다.

"물어볼 게 있는데, 저쪽에 불탄 집 알지?"

바텐더는 고개를 끄덕이더니 자신 앞에 놓인 실버 두 개를 도로 내밀었다.

이걸로는 부족하다는 의미였다.

레인은 짧게 한숨을 내쉬더니 실버 열 개를 쌓아서 다시 내밀었다.

바텐더는 말없이 돈을 챙기며 잔을 닦기 시작했다.

"더블 S급. 황실에서 직접 나섰지."

레인의 눈이 커졌다. 하지만 억지로 놀란 표정을 감추고 다시 물었다.

"그래? 처음 듣는 소린걸?"

"아직은 알려지지 않았으니까. 하지만 정보는 확실해."

"근데… 그게 다야?"

"10실버 가치는 있지."

레인은 다시 돈을 꺼내기 위해 손을 움직였다.
"그만하는 게 좋아. 그 이상은 위험해."
바텐더가 말리자 레인은 조심스럽게 주위를 둘러봤다.
술을 마시고 있는 사람들 사이로 날카로운 눈빛을 가진 자들이 보였다.
어쩌면 저들 중에 황실 정보부가 있을지도 몰랐다.
레인은 슬그머니 자리에서 일어나며 실버 하나를 올렸다.
"팁."
짧게 말을 마치고 밖으로 나온 레인은 사람들의 눈에 띄지 않는 뒷골목으로 향했다.
레인은 손으로 자신의 가슴을 짓눌렀다.
한참이나 숨을 고르자 그제야 놀란 가슴이 겨우 진정되는 것 같았다.
"말도 안 돼. 반역이라니."
레인은 도무지 믿을 수 없었다.

그 시각, 레인에게 정보를 건넨 바텐더는 다른 사람들의 눈을 피해 술집을 빠져나갔다. 그리고 몇 개의 골목을 지나 낡은 집의 문을 두드렸다.
곧 검은 문 안쪽으로 바텐더가 사라졌다.

CHAPTER 12
어둠 속의 습격자들

용병들은 의뢰에 등급을 나눈다.

이는 클래스 타워라는 대륙 공통의 인증기관에서 정한 것으로, 대부분이 그걸 인정했다.

모든 등급은 D급부터 시작한다.

남작령 이하 마을 내부의 의뢰는 모두 D급이다.

C급부터는 자작령, 혹은 외부로 움직이는 일이며, B급부터는 백작령, 그리고 군대와 관련된 일이었다.

A급은 후작령, 공작령 수준의 영지전이나 대규모 몬스터 토벌을 뜻했다.

그리고 스페셜이라고 하는 S급은 한 국가의 존립과 관계된 일에 대해 부여하는 급수였다.

더블 S급은 반역을 뜻했다.

다른 곳이 아닌 테일론 제국이기에 그런 등급이 나오는 것이다.

레인은 믿을 수 없다며 몇 번이고 고개를 저었다.

다른 사람도 아닌 칸젤과 세이렌이다.

그 두 사람이 반역을 일으킬 가능성은 없었다.

이 세계의 사람이 아닌 칸젤과 세이렌에게 권력은 그저 귀찮은 것에 불과했다. 누구보다 권력의 허무함을 잘 알고 있었던 것이다.

또한 두 사람의 꿈과 이상은 그보다 훨씬 높은 곳에 있었다.

그걸 누구보다 제일 잘 알고 있는 사람이 바로 황제 로일드 폰 테일론이었다.

그런데 황실에서 움직였다?

아무리 생각해도 이해가 되지 않았다.

레인은 잠시 벽에 기대서 생각했다.

지금 내가 가장 먼저 해야 할 일은 무엇일까?

답은 오래 걸리지 않았다.

칸젤과 세이렌을 찾는 게 우선이었다.

제국의 백만 군대가 움직여도 두 사람이 작정하고 숨는다면 찾을 수 없었다. 하지만 적어도 자신에게 흔적은 남겼을 것이라 생각했다.

레인은 한참을 기다린 뒤 하늘을 쳐다봤다. 달이 기울어 있는 걸 보니 새벽이 머지않아 보였다.

지금은 경비를 서는 기사들도 방심할 시간이었다.

레인은 다시 저택이 있는 곳으로 향했다.

예상대로 기사들은 잡담을 하며 지루한 시간을 달래고 있었다.

레인은 어둠 속에 스며들어 저택으로 향했다.

세이렌에게 살수의 무공을 배운 덕분인지 기사들은 아무도 눈치채지 못했다.

레인은 불탄 잔해를 조심스럽게 뒤졌다.

'여기다.'

수련장으로 쓰는 지하실의 입구가 보였다.

문제는 커다란 기둥 서너 개가 그 위를 누르고 있다는 점이었다.

레인의 손이 발목으로 향하려다 멈추었다.

'누군가 있다?'

레인은 천천히 호흡을 느리게 한 뒤 기둥 아래 숨었다.

약 10분 정도 시간이 흐르자 어둠 속에서 움직이는 그들의 모습이 보였다.

'암살자들이군.'

모두 여섯 명이었는데, 상당한 훈련을 받은 듯 기사들이 눈치채지 못할 정도로 은밀하게 움직이고 있었다.

레인은 잠시 동안 저들이 누구인지, 무엇 때문에 여길 뒤지고 있는지 고민했다.

'고민이라니 나답지 않아. 그냥 잡아서 물어보는 게 제일 빠르잖아.'

레인은 미소를 지으며 몸을 숙였다.

스르르륵.

불탄 나무들 사이로 그림자가 뱀처럼 움직이며 암살자들의 뒤로 이동했다.

쉬익.

아주 희미한 바람 소리와 함께 제일 뒤에 있던 암살자가 휘청거렸다.

레인은 쓰러지는 암살자를 조심스럽게 바닥에 눕혔다.

암살자는 입을 뻐끔거리며 몸을 움직이려 했지만 어떤 소리도, 움직임도 없었다.

'우선 하나.'

레인은 다시 뒤쪽에 있는 암살자를 향해 움직였다.

두 번째 암살자까지 조심스레 쓰러뜨린 레인은 다음 상대를 찾았다.
그때 가장 앞쪽에 있던 암살자가 지하실 입구를 발견했다.
그가 신호를 보내기 위해 뒤를 돌아보는 순간, 레인의 손가락이 세 번째 암살자의 혈도를 눌렀다.
선두의 암살자는 망설임없이 단검을 꺼내 레인을 향해 달려들었다.
동시에 수상한 낌새를 눈치챈 다른 두 암살자도 몸을 돌리며 단검을 빼 들었다.
레인의 손이 발목을 향해 움직이려다 멈칫했다.
'아차, 소리를 내선 안 되지.'
레인은 우선 가장 앞에 있는 암살자를 향해 움직였다.
암살자의 단검이 레인의 심장을 노렸다.
레인의 오른손이 바깥에서 아래로 떨어지며 안쪽으로 원을 그리며 돌더니 순식간에 솟아올랐다.
암살자의 손목뼈가 부러지며 단검이 떨어졌다. 동시에 암살자의 손목을 친 레인의 오른손이 앞으로 뻗어나갔다.
빡.
암살자의 턱이 하늘을 향해 들렸고, 뒤로 튕겨 나갔다.
동시에 레인의 발이 떨어지던 단검을 찼다.
슈욱. 퍽.

좌측에서 다가오는 암살자의 가슴에 단검이 박혔다.

어둠 속이었고, 단검이 아래에서 솟아올랐다.

무엇보다 레인의 내공이 실려 있어 그 속도가 무척 빨라 미처 피하지 못한 것이다.

혼자 남은 암살자는 당황해하는 모습이었다.

동료들의 실력도 대단했지만 눈앞의 상대는 그 이상이었다.

감히 자신의 실력으로 감당할 수 없었다.

암살자는 양손을 허리로 가져간 뒤 발악하듯 뿌렸다. 그리고 재빨리 몸을 돌렸다.

'여덟 개.'

레인은 자신에게 날아온 세 개의 단검을 쳐내고 도주하는 자를 쫓으려 했다.

"끅."

레인은 뒤에서 들린 미약한 신음 소리에 고개를 돌렸다.

혈도를 짚어놨던 암살자들의 가슴에 나머지 단검이 박혀 있었던 것이다.

'이게 목적이었군.'

인상을 찌푸린 레인은 서둘러 도주하는 자를 쫓았다.

암살자는 날렵하게 건물과 건물 사이를 옮겨 다녔다.

속도는 무척 빨랐지만, 두려움에 질린 탓인지 은밀함이 떨어졌다.
 암살자는 달려나가는 가속도를 이용, 높은 건물을 향해 뛰어올랐다.
 휘리리릭.
 귓가에 바람 소리가 들리자 암살자는 본능적으로 뒤를 돌아봤다.
 눈에 보이는 건 그저 검은 하늘뿐이었다.
 "여기야."
 암살자는 소리가 들리는 머리 위로 단검을 휘둘렀다.
 레인은 그 손을 잡고 꺾으며 다리를 걸었다.
 공중에서 몸을 제압당한 암살자는 레인과 함께 아래로 떨어졌다.
 쿠웅!
 묵직한 충격과 함께 암살자의 눈이 뒤집혔다. 그리고 입가로 핏줄기가 흘러내렸다.
 "이런."
 자신의 공격에 큰 충격을 받긴 했지만 암살자의 능력을 생각하면 즉사할 정도는 아니었다.
 레인은 서둘러 암살자의 얼굴을 매만지며 확인했다.
 혓바닥 안쪽이 시커멓게 변한 걸 보니 독을 삼킨 게 분명했다.

레인은 한숨을 내쉬었다.

이 녀석이 유일하게 살아남은 암살자였지만, 이제는 말을 할 수 없는 처지였다.

정보를 얻을 방법이 막혀 버린 것이다.

레인은 혹시나 싶어 암살자의 옷을 벗기고 몸을 뒤졌다.

신분 위장을 위한 C급 용병패 하나, 약간의 실버, 손목에 감춰둔 몇 개의 송곳이 전부였다.

'이거 어떻게 해야 하나?'

인상을 찌푸리던 레인의 눈에 뭔가가 보였다.

심장이 있는 부분에 독특한 문신이 있었다.

중심에는 나무가 거꾸로 새겨져 있었고, 그 주위로 검은 불꽃이 휘감고 있었다.

"이게 뭐지?"

레인은 좀 더 자세히 문신을 살폈다.

거꾸로 된 나무는 대지의 여신 메이프의 상징이었고, 검은 불꽃은 파괴의 신 칼리프의 상징이었다.

메이프와 칼리프는 여섯 주신 중에 빛과 어둠처럼 대칭되는 위치가 아니었다. 하지만 가장 다른 축복을 주는 신이었다.

대지의 여신 메이프는 만물이 자라나는 성장의 축복을, 파괴의 신 칼리프는 모든 걸 파괴하고 정화하는 축복을 내렸다.

그런 두 신의 상징이 같이 새겨져 있다는 건 결코 있을 수 없는 일인 것이다.

레인이 고개를 갸웃거리는 그때였다.

어설프게 천으로 얼굴을 가린 자가 모습을 드러냈다.

복면인은 레인을 쳐다보더니 잠시 망설였다. 하지만 검을 빼 들자마자 레인의 심장을 노렸다.

'빠르다.'

레인은 몸을 비틀어 공격을 피하고 한 걸음 앞으로 다가섰다.

복면인은 반격을 예상했다는 듯 물러났다.

동시에 검을 아래에서 위로, 위에서 사선으로 휘두르며 레인의 접근을 막았다.

레인의 오른손이 무릎 아래로 움직였다가 앞으로 뻗어나갔다.

붉은 빛이 복면인이 휘두르는 검 사이로 파고들었다.

챙.

검이 단번에 부러져 나가자 복면인의 눈동자가 커졌다.

스르륵.

얼굴을 가리기 위해 쓰고 있던 천이 갈라졌다.

"이, 이런."

노인은 다급히 천 조각을 잡으려 했으나 이미 바람에 날아간 뒤였다.

"라핀?"

노인은 멈칫하더니 고개를 끄덕였다.

"역시 레인 도련님이 맞으시군요."

"라핀, 이게 무슨 짓이야?"

라핀이라 불린 노인은 오히려 억울하다는 표정이었다.

"그야 도련님인지 확신이 안 서서 말입니다."

"내가 나지, 누구… 아!"

레인은 얼굴을 약간 변형시켰다는 사실을 떠올렸다.

곧 반지에서 따뜻한 기운이 얼굴로 스며들었다.

"미안. 깜빡했어. 그런데 어떻게 나를 찾았지? 아니, 그것보다 대체 어떻게 된 거야?"

라핀은 고개를 숙인 뒤 주위를 돌아봤다.

"여기서 이야기를 하는 것보다 우선 길드로 가시는 게 좋을 것 같습니다."

그제야 레인도 거리가 시끄러워지고 있다는 걸 눈치챘다.

아무리 경비기사들이 느슨해졌다고 해도 순찰을 게을리하진 않았다.

불탄 저택에서 암살자의 시체가 다섯이나 발견되었으니 지금쯤이면 근처를 뒤지고 있을 게 분명했다.

"가시죠."

레인은 라핀을 따라 어둠 속으로 몸을 던졌다.

"그러니까 간단히 말하면, 그 바텐더가 길드 소속이라는 말이지?"

"예, 그렇습니다."

라핀은 공손하게 고개를 숙였다.

"그게 전부야?"

"원래 저택이 화재로 불타기 전, 세이렌님이 소식을 전해 왔습니다. 조만간 레인 도련님이 방학을 맞을 것 같다고 말입니다."

라핀은 아주 간략하게 설명했다.

화재가 나는 바람에 칸젤과 세이렌에게서 소식이 끊겼다.

어떻게 할까 고민하던 라핀은 직접 사람을 데리고 아카데미로 찾아가려 했단다.

문제는 반역이라는 소문이었다.

그게 사실이라면 레인은 아주 위험한 상황이었다.

다행히도 소문은 멀리 퍼지지 않아 당분간은 괜찮을 것 같았다.

오히려 이런 때에 길드의 수하들을 이끌고 로열 아카데미로 간다면 그게 더 위험할 거라는 생각이 들었다.

"그렇다고 손을 놓고 있을 순 없어서 약간의 재주를 부렸습니다."

만약 레인이 수도 테일로드에 오게 된다면 화재의 이유에 대해 정보를 캐고 다닐 것이 분명했다. 그래서 길드에 속한 정보원들에게 미리 지시를 내렸다.

누군가 비슷한 인상을 가진 사람이 찾아와 저택에 대한 정보를 묻는다면 자신에게 알리라고 말이다.

"그래서 날 찾을 수 있었던 거군."

"예. 제가 뒤늦게 소식을 듣고 저택에 도착했을 때는 암살자들의 시체밖에 없었습니다. 다행히 흔적이 남아 있어서 찾는 건 어렵지 않았습니다."

원래라면 암살자들은 흔적을 남기지 않는다.

하지만 마지막 암살자는 레인에게 쫓기고 있다는 다급함 때문에 그럴 여유가 없었다.

레인은 이해했다는 고개를 끄덕이고 라핀을 쳐다봤다.

원래 라핀은 몰락한 귀족 가문의 기사였다고 했다.

가문을 살리기 위해 용병 일을 하다 죽을 위험에 처했고, 세이렌의 도움으로 목숨을 건졌다.

그날 이후 라핀은 세이렌에게 은혜를 갚겠다고 하며 곁에 머물렀고, 세이렌은 그에게 무공을 가르쳤다.

나중에 필요에 의해 길드를 만들 때, 라핀의 경험과 지식이 큰 도움이 되었다. 그래서 세이렌은 길드가 안정되자마자 아예 라핀에게 맡겨 버렸다.
 지금은 나이를 먹어 길드의 일에 직접적으로 관여하지 않고 간간이 나서는 정도였다.
 레인은 세이렌을 따라 길드에 들르면서 라핀과 잘 알게 되었다.
 한마디로 라핀은 믿을 수 있는 사람 중 한 명이었다.
 "그것 말고, 어머니한테 연락 온 거 없어?"
 "제가 아는 건 없습니다."
 라핀의 얼굴에 그늘이 졌다.
 세이렌과 라핀의 관계는 아버지와 딸에 가까웠다.
 비록 겉으로 보이는 게 있어 라핀이 공대를 하지만 분명 서로는 그렇게 느끼고 있었다.
 레인도 그걸 알고 있어 오히려 어리광 부리듯 대했다.
 한참 고민하던 레인은 갑자기 검은 불꽃 모양의 문신을 떠올렸다.
 레인은 옆에 있는 물 잔에 손가락을 담근 뒤, 기억나는 대로 탁자에 문신을 그렸다.
 "라핀, 혹시 이게 뭔지 알아?"
 라핀은 살짝 인상을 찌푸리며 문신을 유심히 쳐다봤다.
 "역으로 된 메이프의 나무와 칼리프의 불꽃이군요. 맞습니까?"

레인이 고개를 끄덕이자 라핀의 얼굴이 더욱 어두워졌다.

"이건 카오스 스톰의 상징입니다."

"카오스 스톰?"

"예. 혼돈의 폭풍이 지나간 후 자신들의 세상이 올 것이라고 떠드는, 정신 상태가 올바르지 않는 녀석들이죠."

레인은 약간 혼란을 느꼈다.

"정확히 뭘 하는 단체지?"

"그건 저희 쪽에서도 파악하지 못했습니다. 하지만 이들이 벌인 일에 대해서는 말씀드릴 수 있습니다."

라핀은 카오스 스톰이 벌인 극악무도한 짓에 대해 떠들었다.

카오스 스톰의 목적에 대해서는 아직 밝혀지지 않았다. 하지만 그들은 자신들의 뜻을 이루기 위해서는 많은 돈이 필요하다고 말했다.

짧은 시간에, 그리고 무력을 통해 쉽게 돈을 벌 수 있는 방법은 뻔했다.

그건 바로 범죄였다.

"이들의 주된 일은 바로 돈 많은 귀족을 납치하는 겁니다."

"귀족을 납치한다고? 정말 제대로 미쳤군."

귀족을 납치하는 일은 상당히 어려웠다.

특히 돈이 많을수록 뒤가 구린 법이고, 그럴수록 자신의 호위에 많은 돈을 투자한다.

어떤 귀족은 화장실을 갈 때도 수십 명의 기사를 대동하기도 했다.

더군다나 문제는 그것뿐만이 아니었다.

납치를 하다 실패할 경우, 귀족의 분노를 감당해야 했다.

"위험부담이 크지만 그만큼 많은 돈이 벌리죠. 특히 부유한 귀족의 아들과 딸을 납치하면 몸값으로 어마어마한 돈을 받을 수 있습니다."

"그야 그렇겠지. 특히 자신의 가문을 이을 자식이라면 수천 골드도 아깝지 않겠지. 무사히 돌아온다는 보장만 확실하다면야."

"카오스 스톰은 약속을 어긴 적이 없습니다. 몸값을 지불하면 안전하게 돌려보내지요."

"하지만 자식을 되찾은 귀족들이 가만히 있지 않을 텐데?"

라핀이 고개를 저었다.

"몇몇 귀족들이 찾아 없애려고 했습니다만, 그들은 완벽하게 모습을 감췄습니다."

"그게 가능하단 말이야?"

레인은 쉽게 이해가 되지 않았다.

"모든 귀족이 제국에 충성을 하는 건 아니지 않습니까?"

라핀은 빙긋 웃으며 말했고, 레인은 입을 다물었다.

직접적으로 언급하진 않았지만 그 의미를 알아차리는 건 어렵지 않았다.

한마디로 친 황제파가 아닌 귀족들 중 그들의 뒤를 봐주는 곳이 있다는 말이다.

그렇다면 법으로 처벌할 수 있는 확실한 증거를 찾기 전까지는 함부로 건드릴 수 없었다.

"그 카오스 스톰이란 녀석들의 목적이 뭐야?"

"그건 아직 파악되지 않았습니다. 그저 자신들의 목적을 이루기 위해선 많은 돈이 필요하다는 것, 그리고 그 때문에 범죄를 저지른다는 것이 전부입니다."

"그 녀석들과 아버지, 어머니가 관계가 있어?"

라핀은 잠시 망설이다 곧 고개를 끄덕였다.

"세이렌님께서 길드의 정보력을 동원해 그들을 잡으려 했지만 실패했습니다. 직접 나서서 지부 몇 개를 박살낸 게 전부죠."

세이렌이 그들을 잡기 위해 도시 세 곳의 뒷골목을 쓸어버렸다는 이야기는 차마 할 수 없었다.

"그 정도에서 그칠 어머니가 아닌데?"

레인이 고개를 갸웃거리며 의심하자 라핀의 이마에 식은 땀이 흘러내렸다.

"그럼 그들이 이번 화재와 무슨 연관이 있는 거지?"

레인은 암살자들과 마주쳤을 때의 이야기를 했다.

그들은 지하실로 들어가는 입구를 찾고 있었다.

"화재 직후, 제가 먼저 그곳을 살폈습니다. 하지만 어떤 흔적도 발견할 수 없었습니다."

"누가 손댄 흔적은 없던데?"

레인은 지하실 입구 위에 포개진 불탄 기둥들을 말했다.

"그런 흔적을 남길 만큼 저희 '포 리버' 길드는 어설프지 않습니다. 감히 어떤 분께서 키운 건데요."

라핀이 웃자 레인도 미소를 지었다.

이렇게 대화를 하고 나니 어느 정도 긴장이 풀렸다. 혹시나 아버지와 어머니가 잘못됐을까 하던 불안감이 씻은 듯 사라졌던 것이다.

이제 와 확신이 들지만 칸젤과 세이렌이라면 카오스 스톰이라는 정신 나간 녀석들에게 당했을 리가 없다.

그럼 대체 어떻게 된 걸까?

레인은 풀리지 않는 의문에 인상을 찌푸렸다.

"아! 잠시만 기다리십시오."

라핀은 레인의 관심을 돌리기 위해 뭔가를 떠올린 듯 바깥으로 나갔다.

잠시 후 라핀은 한 장의 편지와 커다란 주머니를 가지고 왔다.

"보름 전쯤인가? 세이렌님께서 제게 맡기신 겁니다. 만약 자신에게 문제가 생긴다면 이걸 도련님에게 전해주라고 하시더군요."

"보름… 전에?"

"예. 제가 경황이 없어서 깜빡했습니다. 늙으니까 영 머리가 돌아가지 않는군요."

라핀이 빙그레 웃었다.

레인은 고개를 끄덕이고는 편지를 펼쳤다.

내용은 어이가 없을 정도로 간단했다.

사랑하는 레인 보아라.

만약에 무슨 일이 생긴다면, 트라시온 황자를 찾아가도록 해라.

트라시온이 네가 해야 할 일에 대해 알려줄 것이다.

"이게 뭐야?"

레인은 고개를 절레절레 흔들었다. 그러다 문득 교문 앞에서 루트가 전해준 트라시온의 편지가 떠올랐다.

레인은 서둘러 그 편지를 꺼냈다.

할 말은 많지만 그만큼 눈도 많아서 직접 보고 이야기했으면 좋겠다.

　세이렌의 편지보다 더 짧은 내용이었다.
"대체 뭐냐고?"
레인은 황당해했다.
두 사람의 편지에 완전히 농락당한 기분이랄까?
"빌어먹을 트라시온."
레인은 편지를 와락 구겨 버렸다.
트라시온 황자는 이미 모든 걸 알고 있음이 분명했다.
그럼에도 말하지 않고 루트를 통해 편지로 전해준 의도는 뻔했다.
레인이라면 그 자리에서 편지를 읽지 않고 테일로드로 갈 거라 생각했을 것이다. 그럼 저택이 불이 난 걸 알 거고, 돌고 돌아 여기에 올 거라는 것까지 예측했다는 게 된다.
가만히 생각해 보니 화가 났다.
레인은 당장에라도 트라시온의 멱살을 잡고 흔들 기세로 자리에서 일어났다.
"어딜 가십니까?"
"지금 바로 아카데미로 가야겠어."
라핀은 세이렌이 준비했다는 커다란 주머니를 내밀었다.
"갈 때 가시더라도 이건 챙기십시오."

"뭔데?"
라핀은 아무 말 없이 고개만 끄덕였다.
레인은 혹시나 싶어 입구를 꼼꼼히 막은 주머니를 펼쳤다.
그 안에 든 건 바로 독약이었다.
라핀이 웃으며 한마디를 보탰다.
"세이렌님께서 날짜마다 한 번씩 먹는 걸 잊지 말라고 하셨습니다."
레인은 머리를 절레절레 흔들더니 긴 한숨을 내쉬었다.

CHAPTER 13
황성에 숨어들다

시간이 너무 늦었기에 레인은 길드에서 하루를 머물렀다.

새벽 일찍부터 말을 달렸지만 로열 아카데미에 도착한 건 해가 지고 어둑어둑한 시간이었다.

간단히 학생 신분증을 보이고 들어간 레인은 가장 먼저 센티움 관으로 향했다.

가장 높은 층으로 올라가는 계단에는 기사들이 경비를 서고 있었다.

학장을 비롯해 고위급 귀족 자제들과 황자, 그리고 공주가 묵고 있었기에 일반 학생들의 출입을 제한하기 위해서었다.

"어떻게 한다?"

당당하게 트라시온 황자를 보러 왔다고 말하기에는 약간 곤란했고, 문제를 일으키면서까지 숨어들어 갈 생각은 없었다.

잠시 고민하던 레인은 이럴 때 필요한 사람을 떠올릴 수 있었다.

"체로키 단장님이라면 간단하겠군."

레인은 사람들의 눈을 피해 체로키의 수련장을 찾았다.

콰아앙!

"끄아아악!"

퍼어엉!

"아아아악!"

요란하고 두려움에 질린 목소리가 거침없이 메아리쳤다.

클레이븐은 여전히 무표정한 얼굴로 수련을 빙자한 폭행을 퍼붓고 있었다.

그 대상은 바로 홀스였다.

체로키는 두 사람의 대련을 보다가 흠칫하더니 밖으로 빠져나왔다.

"방학해서 집으로 간 거 아니었나?"

"그게… 좀 문제가 생겼습니다."

레인은 간단히 그사이에 있었던 일을 설명하며 트라시온 황자를 만나야 한다고 했다.

체로키는 곤란하다는 표정을 지었다.

"너, 듣지 못한 거냐? 트라시온 황자와 도로시 공주는 오늘 기사단의 호위를 받아 황성으로 들어갔어."

"예?"

레인은 당혹스러움을 느꼈다.

세이렌이 남긴 편지에 트라시온 황자를 만나라고 해서 다시 아카데미로 왔다. 그런데 황성으로 갔다면 또다시 수도 테일로드로 돌아가야 하는 것이다.

"나, 농락당한 건가?"

레인은 힘이 쭈욱 빠지는 걸 느꼈다.

그러다 갑자기 루트가 황성 어쩌고 했던 게 떠올랐다.

"그게 이 말이었군. 아욱."

레인은 끓어오르는 분노를 참기 위해 주먹을 불끈 쥐었다.

밤이 어두워졌기에 레인은 우선 기숙사를 찾았다.

아무래도 세이렌이 챙겨준 짐을 들고 다니는 게 불편했고, 잠시 눈이라도 붙일 생각이었다.

방 안에 들어서자 콘티엘이 눈을 감고 있었다.

'아무래도 명상 중인 모양이군.'

레인은 콘티엘을 방해하지 않기 위해 침대 밑에 짐을 놓고 조심스럽게 밖으로 빠져나왔다.

아무리 생각해도 오갈 데가 없었다.

레인은 사람들 모르게 기숙사의 옥상으로 올라갔다.

밝은 달을 보니 왠지 눈물이 날 것 같았다.

"하아, 내 신세가 처량하구나."

레인은 달과 함께 밤이슬을 맞아야 했다.

아침 일찍 아카데미를 나섰는데, 테일로드에 도착하고 보니 또 저녁이었다.

어떻게 할까 잠시 고민이 들었다.

아무리 생각해도 길드로 가기는 조금 껄끄러웠다.

그렇다고 이 시간에 황성으로 간다고 해도 트라시온 황자를 본다는 보장은 없었다.

정식 방문이라면 외성에서부터 출입 기록을 남겨야 했다. 그리고 며칠간 기다린 뒤, 황성에서 나온 귀족과 면담을 할 수 있었고 거기서 통과해야 황족인 트라시온의 얼굴을 볼 수 있는 것이다.

거기다 반역이란 소문이 마음에 걸렸다.

"고민하지 말고 일단 움직여 보자."

레인은 망설임없이 황성으로 향했다.

테일론 제국의 수도 테일로드, 그리고 그 중심에 있는 테일론 황성은 거의 요새라고 불러야 할 정도였다.

우선 수도 테일로드를 감싸고 있는 수도 외곽성이 있고, 거길 뚫고 나면 테일론 황성의 외성이 있었다.

외성은 각종 공무를 처리하는 수많은 건물과 기사단의 숙소, 마법사들의 연구실까지 있었다.

특히 중요한 곳은 밤이 되면 황성기사단이 경비를 섰고, 곳곳에 마법 트랩이 발동되기도 했다.

'여기까지는 문제가 없는데.'

레인은 외성의 한 건물 옥상에서 내성 안쪽을 쳐다봤다.

늦은 시각이라도 어느 정도 사람들의 출입이 있기에 외성으로 들어오는 건 어렵지 않았다.

하지만 내성이 문제였다.

성벽의 높이는 무려 십 미터, 입구는 모두 네 곳으로 동서남북으로 뚫려 있었다.

각 문마다 열 명의 기사가 삼교대로 근무를 섰고, 네 군데의 모서리마다 망루가 있어 몰래 숨어들어 가는 건 거의 불가능했다.

또 내성의 벽에는 특수한 마법진이 새겨져 있어 무언가가 닿으면 즉시 경보가 울리게 되어 있었다.

레인은 내성의 안쪽, 테일론 황실의 인물들만 머무는 파라시움 궁을 쳐다봤다.

ㅁ 자 형태의 대저택이었는데 높이는 삼 층에 가로세로가 백 미터 정도였다.

'아버지가 설계하고 지었다지만 역시 엄청나군.'

제국의 황제가 머무는 곳이니 이 정도는 어쩌면 당연한 건지도 몰랐다.

레인은 짧게 한숨을 내쉰 뒤 어둠 속으로 스며들었다.

레인이 목표로 잡은 건 내성 네 모서리에 있는 망루였다.

경비를 서는 기사들은 무거운 갑옷을 입고 다니기 때문에, 망루의 계단을 이동할 때마다 진동이 울린다. 그래서 가끔 마법진이 오작동하는 경우가 있어 그쪽만이 유일하게 마법 트랩이 설치되지 않았다.

레인은 지면을 스치듯 움직여 기사들의 눈을 피했다. 그리고 손가락으로 벽돌의 틈을 붙잡으며 조심스럽게 올라갔다.

"미안합니다."

갑자기 들린 목소리에 기사들은 깜짝 놀랐지만 즉시 검을 뽑아 들고 소리가 들린 방향으로 움직였다.

하지만 상대는 레인이었다.

망루에 선 두 기사는 뭔가 번쩍하는 순간 앞으로 무너져 내렸다.

황성을 지키는 이들은 4클래스 수준의 기사들이었다. 한마디로 어지간한 영지의 기사단장 급의 실력을 가지고 있는 것이다.

그럼에도 지금은 레인에게 혈도를 공격당해 꿈나라를 여행하고 있었다.

"감봉은 당하겠지만 너무 원망하지 마세요."

레인은 그렇게 말한 뒤 하늘을 쳐다봤다.

달이 기울어진 걸 보면 아직은 한밤중이었다.

'세 시간 정도는 여유가 있겠군.'

레인은 조심스럽게 움직여 망루를 내려와 파라시움 궁으로 향했다.

자신이 아는 기억을 동원해 함정을 피해 움직이다 보니 시간이 제법 걸렸지만, 다행히 들키지 않았다.

정원의 나무 뒤에 몸을 숨긴 레인은 기회를 틈타 몸을 날렸다.

파라시움 궁의 위층에는 방마다 난간이 있었다.

거기에 매달린 레인은 다시 한 번 주위를 살핀 뒤 방향을 잡았다.

'분명 동쪽에 황자들 방이 있다고 했지.'

남쪽은 로일드 황제와 나틸다 황비가 머무른다고 했다.

레인은 3층의 난간을 따라 조심스럽게 움직였다. 그러다 간간이 소리가 들리면 창문을 통해 방 안을 확인하는 것도 잊지 않았다.

'대충 여기 어디쯤이었는데.'

레인은 열린 창문으로 고개를 내밀었다.

그러다 방의 주인과 눈이 마주치고 말았다.

"꺄아아악!"

날카로운 비명이 밤하늘을 찢어버렸다.

금발에 가까운 갈색 머리카락의 소녀는 너무 놀라 손으로 얼굴을 가렸다.

그러다 보니 몸을 덮고 있던 커다란 수건이 아래로 떨어지고 말았다.

'이크, 욕실이었군.'

레인은 재빨리 위로 몸을 날렸다.

곧 우당탕탕 소리와 함께 여자들의 목소리가 들렸다.

"괜찮으세요?"

시녀들은 제일 먼저 달려와 소녀의 몸을 가렸고, 곧 기사들이 달려들어 왔다.

"무슨 일이십니까?"

"바, 밖에 사람이……."

기사들이 창밖으로 고개를 내밀고 주위를 살폈지만 사람이 있었던 흔적조차 보이지 않았다.

몇 번이고 찾는 시늉을 하던 기사가 소녀 앞에 무릎을 꿇었다.

"레이나 황녀님, 밖에는 아무도 없습니다."

"분명히 봤단 말이야!"

레이나가 투정부리듯 말하자 기사는 약간 난감한 표정을 지었다.

"기사들을 시켜 황성을 수색하도록 하겠습니다. 마음 놓으십시오."

"반드시 붙잡으세요."

"예, 황녀님."

그 말을 끝으로 기사의 발걸음이 멀어졌다.

옥상 난간에 매달린 채 레인은 고개를 갸웃거렸다.

'이상하다. 원래 황자가 쓰는 방이 여기였는데 옮겼나? 가만, 레이나 황녀라고?'

자신에게 시집오겠다고 울던 꼬맹이 계집애의 모습이 떠오르자 레인은 빙긋 미소를 지었다.

'많이 컸군. 가슴은 빼고.'

레인은 그렇게 생각하며 다시 어둠 속으로 스며들었다.

* * *

똑똑똑.

노크 소리가 들리고 방문이 조심스럽게 열렸다.

방의 주인, 트라시온 폰 테일론 황자는 무심한 표정으로 고개를 돌렸다.

회색의 구레나룻을 기른 기사가 단단히 무장을 갖춘 채 안으로 들어서고 있었다.

"무슨 일인가?"

"레이나 황녀님께서 수상한 자를 봤다고 합니다."

"그래? 여긴 아무 일 없어."

트라시온이 손짓을 하자 기사는 방 안을 둘러봤다.

자신의 감각에 걸리는 게 없자 기사는 다시 몸을 돌렸다.

"근데 무슨 일이 생긴 거지?"

"별건 아닙니다. 그냥 날이 더워 몸을 씻는데 창밖에 사람이 있었다고 하더군요."

"아마 착각한 모양이겠지. 어떤 미친놈이 감히 내 동생을 훔쳐보겠어."

여러 가지 의미가 있는 말에 기사도 미소를 지었다.

"저희도 그렇게 생각합니다만 만약이란 게 있으니까요. 혹시 이상하다 싶으면 바로 신호를 보내십시오."

기사가 물러나자 트라시온은 창밖을 쳐다봤다.

"나와."

"알고 있었군요."

목소리와 함께 모습을 드러낸 건 바로 레인이었다.

레인이 약간은 화난 표정을 짓자 트라시온은 고개를 갸웃거렸다.

"그런데 무슨 일이지? 이렇게 늦은 시간에 날 찾다니."

"이미 모든 걸 알고 있지 않습니까? 절 농락하는 게 재밌습니까?"

레인이 따지듯 말하자 잠시 트라시온의 얼굴에 머물렀던 여유가 사라졌다.

트라시온에게서 감히 거부할 수 없을 만큼의 위압감이 느껴져 왠지 자신이 잘못한 것 같은 기분이 들었다.

'아차.'

트라시온은 테일론 제국의 황자였다.

어릴 때 친하게 지냈다고는 하나 엄연히 지켜야 할 법도가 있는 법이다.

레인이 잠시 망설이자 트라시온이 소리쳤다.

"네가 정말 미쳤구나! 황성을 무단으로 침입한 것도 모자라 내 동생이 목욕하는 걸 훔쳐보다니! 그 정도면 목을 쳐도 할 말이 없으렷다!"

갑자기 분위기가 이상해졌다.

'어라, 이게 아닌데?'

레인은 따지러 온 사람은 자신이라는 걸 잊고 말았다.

트라시온은 벽으로 걸어가 장식으로 된 검을 붙잡았다.

"감히 레이나를 훔쳐보다니……."

그의 표정은 진심으로 분노한 듯 보였다.

"아, 아니, 그게 아니라, 그건 우연이었습니다."

"그래, 우연히 내 동생이 목욕하고 있었고, 넌 우연히 그걸 봤단 말이지? 그럼 내 검이 우연히 너의 목을 갈라도 우연이 겠구나."

"하, 하하하! 그게 어쩌다 보니 그런 거죠."

레인이 물러서자 트라시온이 다가섰다. 그러다 곧 인상을 풀더니 탄식을 하듯 한숨을 내쉬었다.

"하아, 네가 도로시를 좋아하는 줄 알았는데, 레이나에게 마음이 있다니. 좋아, 나는 허락한다."

"예? 뭘요?"

"내 동생의 알몸을 봤으니 당연히 책임져야 하지 않느냐?"

레인은 멍한 표정을 짓다가 다급히 손을 저었다.

"발육부진은 제 취향이 절대 아닙니다."

"역시 봤다는 말이 사실이군."

또다시 트라시온의 몸에서 살기가 뿜어지자 레인은 종잡을 수 없었다.

'이거, 황자가 미친 건가?'

레인은 대체 어떻게 대응해야 할지 판단이 서지 않았다.

그때였다.

밖에서 쿵쾅거리는 발걸음 소리가 울렸다. 동시에 문이 벌컥 열리더니 무장을 한 기사들이 쏟아져 들어왔다.

백발의 구레나룻의 기사가 검을 빼 들고 트라시온 앞에 섰다.

"무슨 일이십니까?"

침대 밑에 숨어든 레인은 최대한 기척을 감추었다.

혹시나 들킬까 싶어 귀식대법까지 펼쳤지만 심장이 두근거리는 건 당장은 어찌할 수 없었다.

트라시온은 빙긋 웃더니 손에 들린 검을 흔들었다. 그리고 춤을 추듯 몸을 펼치며 소리쳤다.

"네가 정녕 죽고 싶은 모양이구나! 내 검이 너를 용서치 않으리라!"

너무도 뜻밖의 행동에 기사들의 눈이 동그라졌다.

백발의 기사가 다급히 물었다.

"대, 대체 무슨······?"

"별건 아니야. 갑자기 희극의 한 대목이 떠올라서 말이야."

"그, 그러십니까?"

너무도 뜻밖의 대답에 기사는 당황스러워했다.

"무례를 저질러서 죄송합니다. 저희는 혹시 문제가 생겼나

해서…….."
 "괜찮아. 오해할 수도 있지. 나도 이 늦은 시간에 희극 흉내를 내는 게 아닌데. 그만 돌아가 보라고."
 백발의 기사는 잠시 망설이다가 다시 방 안을 확인한 뒤에야 기사들과 함께 밖으로 나갔다.
 기사들이 물러나자 레인이 침대 밑에서 기어나왔다.
 "역시 임기응변 하나는 최고군요. 저들도 날고 기는 기사들인데 장난감처럼 다루다니."
 레인은 당황한 기색이 역력하던 기사들의 목소리를 떠올리며 미소를 지었다.
 트라시온은 빙긋 웃더니 레인의 어깨를 툭툭 두드렸다.
 "너도 쉽게 다루는데 기사들 정도는 우습지."
 그제야 레인은 아까 트라시온이 했던 행동이 모두 자신을 향한 장난이었음을 깨달았다.
 '아, 진짜, 황자라는 사람이 왜 이래?'
 레인은 울컥 짜증이 났지만 참아야 했다. 트라시온이 언제 무슨 짓을 할지 몰랐던 것이다.
 레인은 혹시나 싶어 살짝 손가락을 흔들었고, 사일런스 마법이 발동되었다.
 이제 두 사람의 대화를 방해할 사람은 아무도 없었다.

"그래, 날 찾아온 이유가 뭐지?"

푹신한 소파에 몸을 묻은 트라시온은 다리를 꼬았다.

레인은 그 맞은편에 앉으며 되물었다.

"아버지와 어머니는 어떻게 된 겁니까?"

"그건 나도 몰라."

"그거 이상하군요. 어머니의 편지에는 황자님을 찾아가라고 되어 있었습니다. 그리고 황자님의 편지는 직접 보고 대화를 하고 싶다고 적혀 있었죠."

레인이 의심하는 눈빛을 던졌다.

"부탁을 하긴 했지. 그리고 내가 보낸 편지는 내 일을 도와 달라는 말을 하기 위해서였어."

"그렇지만 너무 공교롭군요."

레인은 그렇게 말한 뒤 테일로드에 돌아와 겪었던 일들을 이야기했다.

불타 버린 저택과 반역이라는 소문, 그리고 카오스 스톰의 암살자들과 싸운 일.

잠시 생각하던 트라시온은 짧게 한숨을 내쉬었다.

"반역이라는 소문은 우리 쪽에서 일부러 흘린 거야. 정체를 알 수 없는 적들이 두 분의 흔적을 함부로 쫓지 못하게 하기 위해서지."

"그렇군요."

어느 정도는 이해가 되는 것 같았다.

"그리고 카오스 스톰이라 했나? 그놈들도 문제긴 하지만 급한 일은 따로 있어."

"그게 뭡니까?"

"사실 네 부모님은 카오스 스톰을 비롯해 많은 적들이 있어. 제국의 안정을 위해 힘쓰다 보니 생긴 일이지."

"어느 정도는 알고 있습니다."

레인이 고개를 끄덕이자 트라시온은 심각한 표정으로 말했다.

"그 많은 적들이 힘을 합치고 있다고 생각해 봐. 과연 무슨 일이 생기겠는가?"

너무도 뜻밖의 질문이었다.

트라시온은 자리에서 일어나 방 안을 천천히 돌았다.

"불과 사십 년 전에 변방의 소국이었던 왕국이 대륙 중부 최강의 제국으로 바뀌었지. 제국은 너무 급격히 발전해 버렸어."

그건 모두가 인정하는 일이었다.

원래 전쟁이 끝나고 새로운 전쟁을 벌이기까지 많은 준비가 필요했다. 하지만 테일론 제국은 마치 건기에 들판을 휩쓰는 불꽃처럼 모든 것을 집어삼켰다.

"지금의 평화는 테일론 제국의 힘이 두려워 억지로 유지되고 있는 것에 불과해. 적들은 지금 숨죽이고 있지만 언제고 때가 되면 제국을 갈라 먹으려고 할 거야."

"그들이 누구입니까?"

트라시온은 레인을 쳐다보며 고개를 저었다.

"그건 나도 몰라. 단지 흔적은 있지만 실체는 아직 밝혀지지 않았어."

레인은 가슴이 답답해 오는 걸 느꼈다.

솔직히 테일론 제국에 대한 애착은 별로 없었다. 하지만 아버지와 어머니가 평생을 바쳐 만들어낸 평화였다.

그걸 위협하는 녀석들이 있다는 게 마음에 들지 않았다.

"물론 칸젤 아저씨는 그걸 예상하고 있었지. 그리고 우리도 많은 준비를 하고 있어. 내가 하는 일도 바로 그중 하나고."

"그래서 제가 필요하단 말이군요."

트라시온이 고개를 끄덕였다.

레인은 잠시 눈을 감고 생각에 빠졌다.

트라시온을 만나면 부모님에 대한 단서를 찾을 수 있다고 생각했다.

하지만 트라시온 역시 아는 건 없었다.

레인은 지금 자신이 무얼 해야 하는지 판단이 서지 않았다.

"계약을 하자."

트라시온의 갑작스러운 말에 레인은 정신을 차렸다.

"예? 무슨 계약이요?"
"넌 내 일을 도와주고, 그 대가로 난 널 도와주겠다."
레인은 고개를 갸웃거렸다.
"잘 이해가 안 되는데요?"
"너는 부모님을 찾고 싶지 않아?"
"그야 당연히 찾고 싶죠. 하지만 단서도 없고, 무작정 돌아다닌다고 찾는다는 보장이 없지 않습니까?"
트라시온은 한심하다는 표정을 지었다.
"그러니까 서로 돕자는 말이다. 네가 내 일을 도와준다면 나는 황실의 정보부를 동원해 부모님의 소식을 알아봐 주겠다."
레인은 왠지 손해 본다는 생각이 들었다.
계약을 하지 않아도 트라시온과 황실은 자신의 부모님을 찾을 게 분명했으니까.
그런 내심을 읽었던 것일까?
"만약 지금 네 표정을 본다면 세이렌 스승님께서 이렇게 말할 거다, 이 빌어먹을 불효자 같으니라고."
칸젤과 세이렌은 레인이 어릴 때부터 충과 효에 대해 세뇌하다시피 교육시켰다.
무엇보다도 가장 중요한, 반드시 지켜야 할 거라고 말이다.
그때 받았던 사랑의 매(?)를 떠올리자 레인은 소름이 돋는 걸 느꼈다.

그러다 갑자기 궁금한 게 생겼다.

"근데 어머니보고 스승님이라고요?"

"몰랐나? 난 네 사형이야."

"쿨럭!"

레인은 오늘 대체 몇 번이나 이런 황당한 경험을 하는지 숫자를 세어보고 싶었다.

"스승님께 몇 가지 무공을 배웠지. 아직 실력은 많이 부족하지만."

트라시온이 빙긋 웃자, 왠지 그 미소가 징그럽게 느껴졌다.

"어머니가 참 많은 사람들한테 무공을 가르쳤군요. 대체 그 숫자가 얼마나 됩니까?"

레인이 살짝 비꼬는 투로 물었지만 트라시온은 태연했다.

"글쎄다. 듣기로 백 명이 조금 안 된다고 했는데."

레인은 순간적으로 머리가 핑 도는 것을 느꼈다.

자신에게는 함부로 무공을 가르치지 말라고 했다. 그래 놓고 백 명이 조금 안 된다면 뭔가 말이 되지 않았다.

만약 그 사람들이 제자를 키우고, 또 제자를 키운다고 생각하면 결코 가벼운 문제가 아니었다.

"뭔가 큰 오해를 하는 것 같은데, 무공을 배우는 데는 조건이 있어."

"조건이 뭐죠?"

"제국에 충성을 할 것. 오직 평화를 위해서만 사용할 것."
레인은 머리를 흔들었다.
"그게 가능할 것 같습니까?"
"가능하지 않으면? 스승님께 무공을 배운 사람들 중에 그걸 거역할 수 있는 사람이 있을 것 같아?"
"그야… 그렇지요."
세이렌은 한다면 하는 사람이었다.
배운 무공으로 나쁜 짓을 하다 걸리면 아마 죽지도 살지도 못하게 만들리라.
어쩌면 드래곤보다 무서운 존재가 세이렌일지도 몰랐다.
"어쨌든 난 네가 나를 도왔으면 좋겠어."
레인은 트라시온의 제안을 거부할 수 없다는 걸 느꼈다.
"그럼 저한테 원하는 게 뭡니까?"
"나는 네가 내 일을 도우면서 직접 부모님을 찾는 일에 뛰어들었으면 한다."
"그러니까 그 일이 뭐냐고요?"
트라시온은 잠시 진지한 표정을 지었다.
"제국의 적을 타도하는 것이지."
"너무 범위가 넓군요. 거의 대륙 급의 스케일이네요."
레인은 트라시온이 '마왕을 무찌른 정의의 용사' 꿈을 꾸고 있는 게 아닌가 하는 착각이 들었다.

"어쨌든 날 따를 생각이라면 무릎을 꿇도록."

트라시온이 엄숙한 표정으로 말했다.

짧게 한숨을 내쉰 레인은 어쩔 수 없이 따르기로 마음먹었다.

레인이 무릎을 꿇자 트라시온은 아까 장난처럼 흔들던 검을 들었다.

검이 레인의 어깨를 번갈아가며 움직이다 머리에서 멈췄다.

"그대의 육체는 나의 검이요, 의지는 나의 방패이니, 나 트라시온 폰 테일론이 여기서 말하노라. 레인 반 로헬에게 황실 직속 특수 감찰관으로 임명하겠다."

잠시 호흡을 멈춘 트라시온이 다시 말했다.

"그대는 오직 테일론 황실의 명을 받을 것이며, 모든 귀족의 권위를 거부할 수 있다. 또한 그대의 모든 행동은 황실의 이름으로 인정될 것이니 오직 충성으로 보답하도록 하라."

트라시온이 검을 거두었다.

"그대에게 테일론 황실의 성을 따서 폰이라는 미들네임과 로옐이라는 성을 하사한다. 이는 공작에 준하는 작위이며, 결코 드러나서는 안 된다. 또한 다른 누구도 아닌 로일드 폰 테일론 황제만의 검이 되어야 한다는 걸 인정하겠는가?"

"제국의 신하 레인 반 로헬은 트라시온 폰 테일론 황자님의 명을 받들겠습니다."

형식적인 절차에 따른 레인의 말이 끝났다.

트라시온은 미리 준비했다는 듯 품속에서 황금으로 된 패를 꺼냈다.

"이게 뭡니까?"

레인은 황금 패를 유심히 살폈다.

세 마리 황금 사자가 새겨져 있었는데, 손에 느껴지는 감촉이 뭔가 달랐다.

"그건 통으로 된 미스릴에 도금을 한 거지. 칸젤 아저씨가 만든 건데, 이젠 네 거야."

"그것참 비싸 보이는군요. 팔아먹으면 당연히 안 되겠죠?"

"죽고 싶으면 무슨 짓을 못해."

레인의 이마에서 식은땀이 떨어졌다. 아마도 진심일 것이다.

"어쨌든 간수 잘해. 아! 칸젤 아저씨가 그걸 보고 가끔 이렇게 소리치더군."

"예?"

트라시온은 빙긋 웃더니 이렇게 말했다.

"암행어사 출두야."

『엠페러 소드』 제2권에 계속…

Book Publishing CHUNGEORAM

黑獅子 魔王

흑사자 마왕

김운영 판타지 장편 소설

[왕자님, 왕자님께서 저희를 부르시면
언제라도 달려가 왕자님께 물질계의 모든 것을 바치겠습니다.
세상의 모든 미녀와 온갖 진귀한 보물, 모든 것은 왕자님의 것이옵니다.
모든 것······]

디온은 하품을 하며 잠이 덜 깬 목소리로 대답했다.
"알았다. 내 필요하면 부를 테니 이만 들어가라."

신을 초월한 인간, 초월자.
인간으로 태어나 인간으로 죽길 소원했던 그가
마왕의 피를 품고 태어나다!

유행이 아닌 자유추구 -
WWW.chungeoram.com
Book Publishing CHUNGEORAM

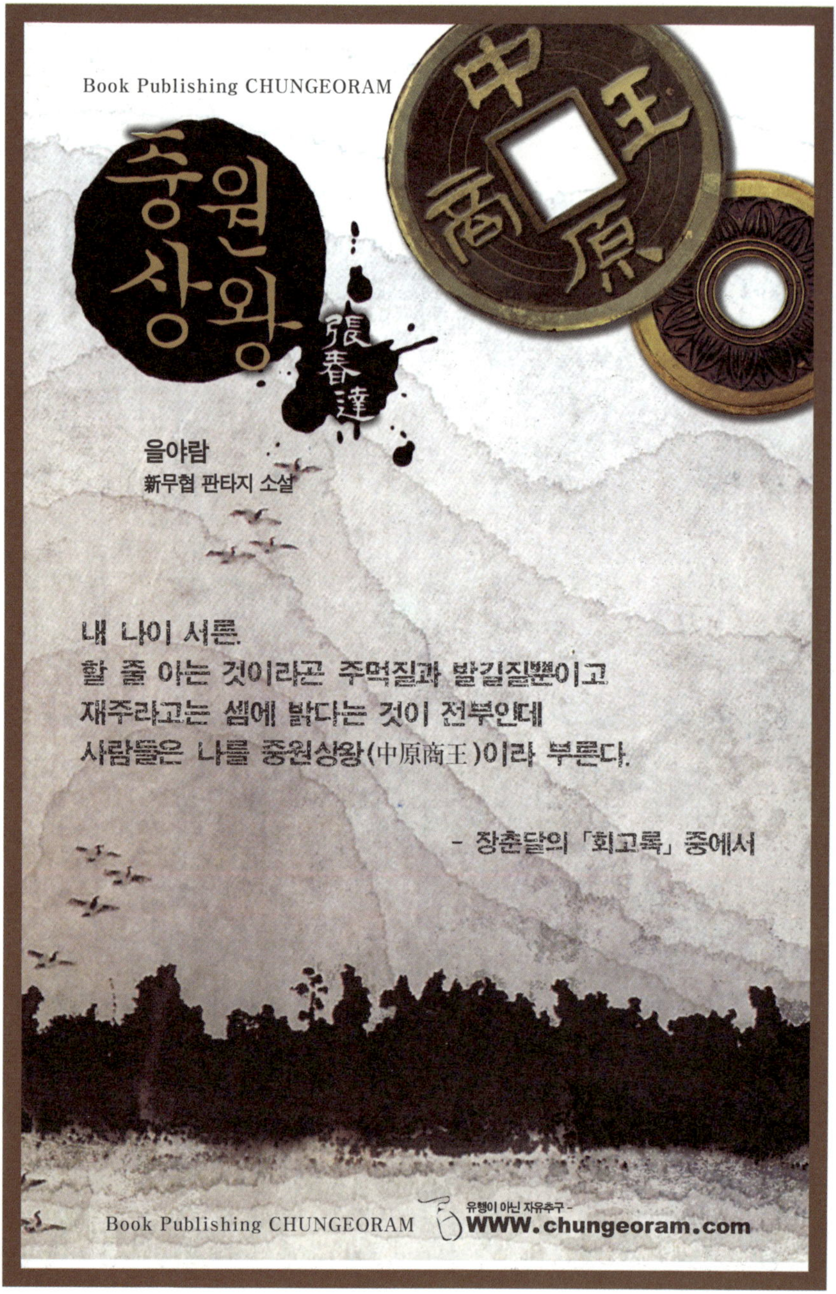
Book Publishing CHUNGEORAM
중원상왕
張春達
中原商王
을야람
新무협 판타지 소설
내 나이 서른.
할 줄 아는 것이라곤 주먹질과 발길질뿐이고
재주라고는 셈에 밝다는 것이 전부인데
사람들은 나를 중원상왕(中原商王)이라 부른다.
- 장춘달의 「회고록」 중에서
Book Publishing CHUNGEORAM
유행이 아닌 자유추구 -
WWW.chungeoram.com

이경영
판타지 장편 소설

가즈 나이트R

Gods Knight R

이제는 그 전설조차 희미해진 옛 신계, 아스가르드.

그 멸망한 신계의 전사가 새로운 사명을 품고
다시금 인간들의 곁으로 내려온다.

렘런트라는 이름의 적들, 되살아나는 과거, 그리고 가치관의 차이.
그 모든 것들과 맞서 싸우려는 그녀 앞에 신은 단 한사람의 전우를 내려준다.

그는 붉은 장발의, R의 이름을 가진 남자였다!

초대작 「가즈 나이트」의 부활!
신의 전사들의 새로운 싸움이 지금 시작된다!

Book Publishing CHUNGEORAM
유행이 아닌 자유추구 -
WWW.chungeoram.com

화마경 火魔經

허담 新무협 판타지소설

대호산의 다섯 산적이 자칭 천하제일인을 만난다.

괴노 마효(魔梟)!
그는 정말 천하제일인이었을까?
그의 화마경은 정말 천하제일무경일까?

인간의 마음속에 억압된 자아를 끌어내는 자(者)의 무공!
그 화마경의 세계로 다섯 산적이 뛰어든다.

"본래 사람 사는 세상이 화마의 세계인 거다."

유행이 아닌 자유추구 -
WWW.chungeoram.com
Book Publishing CHUNGEORAM